明月沧海的
高蹈脚步

李少君　符力

主编

天津出版传媒集团

百花文艺出版社

图书在版编目（CIP）数据

明月沧海的高蹈脚步 / 李少君，符力主编 . -- 天津：百花文艺出版社，2023.6
ISBN 978-7-5306-8588-4

Ⅰ . ①明… Ⅱ . ①李… ②符… Ⅲ . ①诗集－中国－当代 Ⅳ . ① I227

中国国家版本馆 CIP 数据核字（2023）第 098257 号

明月沧海的高蹈脚步
MINGYUE CANGHAI DE GAODAO JIAOBU

李少君　符力　主编

出　版　人：薛印胜
责任编辑：张　雪
装帧设计：鸿儒文轩·末末美书
出版发行：百花文艺出版社
地址：天津市和平区西康路 35 号　　邮编：300051
电话传真：+86-22-23332651（发行部）
　　　　　　+86-22-23332656（总编室）
　　　　　　+86-22-23332478（邮购部）
网址：http://www.baihuawenyi.com
印刷：三河市华东印刷有限公司
开本：880 毫米×1230 毫米　1/32
字数：210 千字
印张：10.5
版次：2023 年 6 月第 1 版
印次：2023 年 6 月第 1 次印刷
定价：68.00 元

如有印装质量问题，请与三河市华东印刷有限公司联系调换
地址：三河市燕郊冶金路口南马起乏村西
电话：19931677990　邮编：065201

目
录

李少君的诗

陈勇的诗

二毛的诗

二毛，本名牟真理，苗族，20世纪60年代生于重庆酉阳。大学数学系毕业。20世纪80年代莽汉主义诗派代表诗人。2004年从成都迁居北京。文化和旅游部国家级非物质文化遗产名录评审专家。获第七届北京诗歌节金向日葵奖。著有《二毛美食诗选》《碗里江山》《妈妈的柴火灶》《民国吃家》《味的道》等。

暗杠之香

碰到你是想杠你
杠你是为了那朵盛开的花
守身单钓的相思
使九筒成了你大哥
五条成了你表妹
一念之差，明杠熄灭
幺鸡趁机红杏出墙
咕咕地成了别人的搭子
此刻，暗杠风声四起
或者在恋爱中拆叫
或者把暗杠明杠存进银行
或者干脆放一炮
并配上一朵雕刻的杠上花
再来一盘用于自摸的卤鹰爪
多加点根或叫之类的油水
肥硕之杠来自饥渴
来自肉和翘首相望
就像等待前来赴约的情人
我等待肥上加膘的八万
于是我看见所有的杠排满二月
等待着杠上之花开满春天

我看见满园清一色已关不住
自摸之手在炉火中通红
是谁播下了下叫的种子
是谁拆去了暗杠之花

火锅

夹一片毛肚
伸进麻和辣之间
穿过烫
在鲜的底部
触到了深刻
而香从脆嫩中升起
飘向 90 后的民间
闻到萌的味道
滚滚红颜中
是谁在翻烫薄命

偏离词语的指针

一枚指针偏离词语
旗帜倒下
指引无法解释

水仅仅是鱼的背景

我们挣扎在方向里
形而上或者形而下
刚刚愈合的利刃
重又被言词割开
塔尖这一危险的字眼

指引一旦被人们解释
方向就开始杀射鸟群
这时我们就能看见飞翔
在一片羽毛上燃烧
方向化为灰烬

死去的方向是一个圆
或者就是一杯酒
当我们反复品尝这杯酒的滋味
便发现了在这个世上的唯一标记
方向属于罗盘
最终有在罗盘里死去

为心爱的人下厨

炉膛里　柴火为你燃烧

房顶上炊烟为你袅袅

我系上围腰

手握明晃晃的菜刀

心爱的

你想吃什么

阳光拌豆苗

月亮煮清粥

米线过小桥

再加上两支红辣椒

心爱的

你只要喜欢

我会为你把春风用来清炒

雨丝用来下面

落叶用来红烧

哪怕去捉五洋的鳖九天的鸟

飞雪山中的野味道

哦

你是盐你是醋你是酱我的红颜调料

只有你懂我手中的勺秘制的香料

鼎沸中的微妙

情爱中的独到

你说我下厨的样子好爽好飘

说这顿饭是你一生中的美味佳肴

哦

心爱的

只要你需要
我会永远紧握这把菜刀
为你下厨到老
下辈子也为你烹调

腌蛋

在午刻切开一只咸蛋
如同分开上午和下午
白雪中的红日
在上午耀眼
在下午沙酥
袁枚企望高文端那双筷子
夹给他那只流油的
红艳非凡的那一口
用一生去张着嘴
用一辈子去问高邮

饮食习惯

你喜欢肥的不喜欢瘦的
你喜欢烂的不喜欢硬的
你喜欢花的不喜欢素的

写字用左手
吃饭用左手
抚摸也用左手
接吻用上嘴唇

你喜欢上半身不喜欢下半身
太油腻不行
没有一点油又不香
你吃鱼不吐刺
吃绝句不吐词
亲嘴不放葱花

豆腐你喜欢老的
厨师你喜欢胖点的
卤鸭子你喜欢疯点的
要使拒绝之吻又炮　又糯
用柴火
从少女成熟到少妇
上蒸笼

你喜欢用公东西泡酒
母东西煨汤
你喜欢鸡米萝卜干下饭
罗腊耳朵下酒
女朋友回锅

玻璃般透明的肥肉

你不吃甜食
那些用蜜月揉捏的点心
用形容词和壮词摆设的婚宴
你不吃兔肉
因为兔肉没有肥肉
你不喝红酒
因为海鲜下黄酒
烧烤下啤酒
孤独下白酒
你不吃现代野菜
那些假装在餐桌上的时尚
你喜欢真正的野东西
你建议把家养的蛇、猪、牛
团鱼、花、风筝、老婆等等
统统放出去飘荡流浪
一个月迅速变成野东西
变成赚钱的生态食品
野的鲜　野的香

你喜欢黄豆烧肉
豆腐煮鱼
甲骨文炖鸡
白水南瓜加春色加风筝

你是唯一喜欢的素

你喜欢肉片

汆进四月这锅清汤

你喜欢月光粥

烧烤深夜之蝙蝠

你喜欢香辣雨丝面

加绿叶然后放上葱花

你喜欢唇上长颗黑痣的鱼

你偏食

郁达夫的下酒菜

当郁达夫的舌头舔食着西施舌

肉燕如长春花鲜嫩盛开

烈日一边西下一边软煎着海蛎

蓝色的波浪起伏着壮阳的醇香

然而达夫用一生来守候的

是深情的鸡汤中

用热恋烫熟的海蚌

透明的腴滑

远方的清鲜

那是海天一线处

梦中的那一口

永远停靠在了福州的码头

把着酒

等妹妹的细嫩

鲁迅的酒

在旧社会

那时的天空

很窄很低

没有楼房

没有远方

那时的马像现在的狗

那时没有刊物

一年四季只办两期墙报

那时的猪只长皮不长肉

那时的麦子

只歪歪斜斜长半亩

那时的女人长不出乳房

那时我骨瘦如柴

数数数不过 7

身上的血只够走 100 多米路

靠吃野菜靠啃别人剩下的吻过活

靠给地主的二姨太们表演打倒立过活

方圆 800 里

种的瓜是地主的瓜

种的豆是地主的豆

那时街上走着保长甲长

龟田山田以及穿长衫的汉奸

那时地主的房子都坐南朝北

在风水中秋收

那时赚钱的秘诀

就只有大斗进小斗出

那时的夜晚伸手不见五指

月光爬满蝙蝠

鬼爬满窗户

那时没有爱情没有性高潮

嫁鸡随鸡嫁狗随狗嫁猴随猴

那时没有周末没有星期天

那时很难遇到春节

只有漫天飞舞的雪

满天飞舞

王键的诗

王键，曾用笔名"楚石"发表作品。中南财经政法大学《山湖集》主编。诗歌作品散见《诗刊》《上海文学》《星星》《诗歌月刊》《汉诗》《象形》等刊物，入选各种年选和其他诗歌选本。出版个人诗集《异乡人》。现居北京。

白鸽子广场

白色，有时比太阳要亮一点
尤其在灰暗的中午，鸽群

成排地站在楼顶，它们
有十三种观察人类的方式
七日已经过去，我们在第八日

那是爸爸妈妈们创造的星期八

这是漫长的一日，我们在
机场附近散步，目睹飞来飞去
的事物，那些用翅膀创造的高度让人称奇

收翅的白鸽子，就在脚边啄食地上
的米粒，人类撒下吗哪
替代神，大地干净
白茫茫一片

但总有更扎心的瞬间，比如
我突然瞥见在一阵惊慌起飞中
蹒跚扑向妈妈怀抱里的孩子

冬天的白内障

发霉的风景
唯电子眼醒目、闪亮
小动物们穿过大地内部
引起的躁动，另一种
更加隐秘深刻的
寂静

雪线下的事物，朦胧而暧昧
如同你含混的词。

雾，用最矮小的脚，贴着大地
雾中的松树，穿戴冰雪
和冻土，它们紧缩着身体
低吟：敞开你的心吧
向着十二月冷色调的雪峰

一头棕熊，饥渴的，带着
天然的眼疾，它对近在咫尺的
鲑鱼和老虎斑视而不见
它移动英雄般的身体，蹚过
草滩、浅水河和黄昏

在一团混沌的金色光圈里
绝望地昂首

冬天的冷，正在
加深它的白内障

密闭或敞开

硕大的原木，带着
密闭的时间
它们在海上行走
最终走入这片海边的滩涂

那些白色垃圾袋遮住了它们疲惫的面庞

雨后的天空，升高了很多
我漫步到这片海滩，大片的
阳光像是从天外轻泻下来
这片荒滩顿时温暖和明亮起来

大海、沙滩和成堆的原木之上
是一个打开的空间，突然飞入的
树状的海鸥群在叫唤，它们把声音
放到了最大，似乎要让那些

看不见海的人也能听到

我让鞋子敞开，光脚走在沙滩上
我走进水里，海水分开，露出
底部的泥泞和道路

我进入，位于海底，闪电的家乡

路边的白鹤花

清晨里的白鹤花，她们的香气
比月光里的更幽深

她们低头躬身，仿佛在进行一场晨祷
早起奔跑的人们、路边滚过的尘埃
都不能扰乱她们的词

她们知道：肃杀的秋风已经在阳光下
亮出了它明晃晃的刀子

夏日白色的闪电和风暴，她们已经认识过了
她们也认出了自己：那些在绿色停机坪上
的白色小飞机

我想起了露易丝·格丽克的鸢尾花
它们也曾在晨光中专心祷告——
为了受难的命运
或者，是为了一次伟大的飞翔

我在这秋日的冷峻里听见了
飞机引擎的轰鸣

旷野

非人的，旷野里的
炼金术
在四十年的徜徉中 ①

于荆棘的火里
于祝福的山上 ②
你燃烧脸
你站在人类的
中间

你掩面
哭泣

---

① ② 据《圣经》记载，在以色列人进入应许之地之前，他们在旷野里生活
了四十年。

你用蘸火的
食指
写下
诫律

永远的拿铁

你钟情于这一杯
闻起来像
甘草堆中的
生铁

喝下一片香草绿的天空
将驱蚊草种于马场
让日光下的群马
冲出围栏

让空着的马厩
重新响起：

打铁的"叮当"声

江柳 ①

天空的头发
重新长出
它们轻泻
于日光里
召唤
无情的人

一些
绿色的梦
摇醒
一座单孔桥——张望
之眼

你从水中
找出
参孙的长发 ②

---

① 苏东坡被贬黄州时有诗云："春寒十日不出门，不知江柳已摇村。"
② 《圣经·士师记》记载，参孙是古代以色列的大力士。他多次凭借神力打
　败以色列的敌人非利士人，但他的力量来自耶和华，失去头发就会失去
　力量。

春茶

被水洗礼，春天
献出她最精华的部分
那尖锐的绿
让我们眼睛明亮

那未熟的、怀抱着早春的白霜
它们在水中展开、站立，带着
羞怯，仿佛一个初入世的
女孩，正从喧嚣的人群
走向舞台的中央

喝下这绿色风暴，生涩中的
苦味，让舌头警醒：
虚空转过身去，是谁
从水中向我们歌唱

加减法则

月亮又圆了，像一个人的回归，一段
关系结束的前奏。月光照出万物

照出人间大大小小的悲欢

月的盈亏，犹如潮的起落，它演绎着
一个机制。一个数学的简单算法。此时，月下
的大海，有百万精兵在敲击着前进的鼓点。而
生活里则充满着撤退和妥协

我因此关心那些亏损了的光辉和荣耀

其实，太阳底下的阴影是一种抵抗
沉默和无声也是，死亡更是
说生活的辎重过于简单了，说生命的苟且
也过于无情
但我们面对日益沉重的肉身时总是发出
阵阵叹息

而减法并不是轻省的，它带着被掠夺的屈辱
和泪水，当然，有时是羞愧。一碗水的
寡淡，胜过生活中的五味。生活中的
简朴之美仿佛今天隐去星星的夜空

啊，加法与减法，一对孪生的兄弟
事物中精妙的平衡——
我们的心跳每增加一秒，人间的
寿命则减去一秒

纪念日

我指甲上的半月还在生长
它要向秋天表达渴望

经过岁月的手，多情的手，失血的手
在一轮圆月里
它醒着，它诉说——

那比苍山还要艰难的事
那比爱情还要艰难的事

时间，穿着迷人的彩衣
回忆和祈祷最终让日子荒凉
那些逝去的，那些新生的
谁也追不上谁

六月又到，大地重拾热情
人们穿过瘴气和封锁线
他们带来艾草、硫磺和火

一只等待出门的鞋子

带着雪，和
红海底的泥泞

带着一脸的疲惫
和憔悴

敞开了胸怀，让汗
流尽，让光进来晒一晒

像阳光下的老兽
在睡眠中放慢呼吸

像回到子宫里的孩子
在蜷缩中，收缩
身上的皱褶

头，朝着大门口，即使
灰头土脸，也随时
准备好下一次的出发——

尽管它已走失了

那形影不离的另一半——

在流亡的路上

北乔的诗

北乔，江苏东台人，作家、评论家、诗人。出版长篇小说《新兵》《当兵》、小说集《尖叫的河》《走火》《天要下雨》、散文集《远道而来》《三生有幸》、文学评论专著《约会小说》《贴着地面的飞翔》、诗集《大故乡》《临潭的潭》等二十多部。曾获第十届解放军文艺大奖、第十一届全军文艺优秀作品奖、第八届黄河文学奖、第三届三毛散文奖、首届林语堂散文奖、第三届海燕诗歌奖、第四届刘章诗歌奖等。现居北京。

城里的一块荒地

茂盛的草，不掩饰乡野之气
城里唯一的超凡脱俗
围墙很矮，站立的尊严
高过远处的楼
只是那棵树，浑身的颓废

我蹲下来，让天空布满绿草
看四处漂泊的风
如何找到回家的路
数年前的一封信，我正在读

时间足够长了，睡意涌来
身上的衣服像春天的夜晚
我以离开的方式留下
这块长满草的地方，城里人说
哦，那是片荒地

滩涂上的鸟群论道

海水退去，极不甘心

阳光重新在滩涂上找回脚印

东台条子泥的鸟儿已经闻名
落下来，寻找大海遗落的消息
片片羽毛都是天空的脸庞
小爪轻轻安慰无法飞翔的泥泞

一群又一群，数不清
就像数不清的人间美好
不需要听懂它们隐语般的歌唱
站在鸟鸣里
被巨大的宁静所庇护

每个人都可以从鸟群里找到自己
逝去的，向往的，此时此地的
心里渐渐辽阔
可以安放天地人间
那块沉重的石头轻如云朵

此刻席地而坐，就是
多年来羡慕不已的那个人

飞在空中的鸟群，重现
大海远道而来的朵朵浪花
这个距离刚刚好，不远不近

只隔着一声有力的心跳
词语已经站在舌尖

在甘南仰望星空

耀眼灼心的阳光回到去处
欲望与石头一起晕睡
梦想点燃篝火，灵魂苏醒
此时，我与高原拥有相同的体温

草原、河流、大山、房屋
甘南的星夜
抽空了人间
我成为大地唯一的坐标

用星光泡茶
月光下
庄子的毛驴把自己想象成蝴蝶
星空跳进高原这个酒杯里

九色甘南，黑与白
夜晚，高原的家园
银河，一条哈达敬给世俗与冥思
我在河边寻找我的身影

敦煌的鹰

翅膀下是敦煌
翅膀上布满敦煌的暗语
飞得再高，也飞不出天空
一个翻飞，把敦煌驮在背上
一个俯冲，黄沙纷纷闪躲
经书里的文字，还是沉默不语
每个偏旁，每个部首
都是来自远方的鹰

壁画，依然沉浸在自己的故事里
无人时的石窟，鹰站成两扇门
一片羽毛落进月牙泉
开讲敦煌
驼队在大漠上留下神迹
点灯，吹熄灯，黑色的火焰穿过月光
天空的秘密不断被重新书写
敦煌静默地收藏

喊山的中年男人

从人群到山路，再到山顶
一只绵羊变成狮子
雄风冲出黑暗之门
野兽的嚎叫，飞越群山
此刻，复杂的言语极度简约
山中无老虎
声音与阳光一起穿行于天地间
伴随无形的伤口
万物生出翅膀，轻盈飞翔
山谷的河流
捉住无常的闪电
中年男人张大的嘴巴
短时间无法合拢
对着山的这声狂吼
已经远去
走在寻找村庄的路上

解药

在风声中沉思

风是最知心的倾听者
刚刚翻新的泥土
托起深处的颤抖
播下种子，从不征求大地的意见

收获，已经在心头发芽
每一滴汗，如残阳如火的血色
无论什么样的欲望
解救，看起来都是简单的事
众多的复杂，总如此平易近人

等待某种巨大，皮肤上的盐末
细微世界里的冰山
潮起潮落，月光主宰大海的情绪
忧伤，潮湿奔走的步伐
聆听，谁也不会认为海在喘息

一只放置已久的馒头，长出毛绒绒的霉
日常生活，中毒的过程，谁也不例外
众生皆失语，如潜伏于角落的窥视者
对此，每个人都特别慷慨
纷纷为他者提供解药，无偿的

经过一片稻田之后

镰刀是船，草帽为帆
稻浪前所未有地颠簸起伏
在这场盛大的典礼中
土地是至高无上的主角
倒下的稻子，弯腰的收割者
还有走向苍茫的我
都无暇顾及一朵云是怎样挂在枝头的
稻草人还穿着去年的衣裳

我听到一粒稻谷爆裂的声音
我看到一粒稻谷落向大地的全过程
一串稻穗与另一串稻穗的爱情
即将成为人间烟火的一部分
我走过稻田，认真地陪稻子走一程
不会走路的稻子，陪我走一生
已经忘记有多久没下雨
路上，我是一株默默行走的稻子

空杯子

识别杯子与碗，十分简单
复杂在于，言说杯子与碗的不同
旷野上空无一人
没有谁从现场提取证据
我们乐意传递这样的谎言
把一切的责任，推给想象
总有一些存在，让我们无言以对
世界的真相，在我们认知以外的那一部分
眼前的杯子，一只空杯子
只是，这杯子装着我们无法看见的往事

好吧，这是我们生活常识里的空杯子
目光，制造可以触碰的梦境
被流放的，是思想里的空白
空杯子，从没有期待
天空的湛蓝，无需赞美
再真诚的赞美，也不在乎
让杯子空着时
我们被太多的东西填喂
已经撑得难受，但
我们一直怀有强烈的饥饿感

往杯子放入东西时
我们把杯子当成了我们的胃
喝的时候
我们把胃当成了杯子
只是，胃永远没有空杯子的状态
而且，总在黑暗之中消磨黑暗
装满水的杯子，很容易
被看作空杯子，只要水足够纯净
茶与酒的关系，杯子不会谈论
这是生活津津乐道的话题

行为的象征物

牧羊人策马走向山后的牧场
清晨的草原扬起桅帆
现实的梦乡，风成为羊群的水手
浪花下的巨兽正在醒来

苍鹰飞过麻木的天空
摆渡夜晚的精神
格桑花泪流满面
与时光一起走在老去的路上

阳光放纵激情
像玩得不知疲倦的孩子
老人站在山坡
他的拐杖在山顶长成一棵树

明亮的世界住在黑色眼睛里
明亮，只是人类的过客
一头黑色牦牛走出黑色的洞穴
背着世界的永恒，虔诚而沉稳

坍塌的老屋，家园最后的守望者
宿命里，废墟不是它的归乡
一张地图，像历史一样
尘土，是唯一的涂改者

月光下的夜行人

月光浇灭世俗的烟火
万物归位，只有
漂泊的人还在漂泊，因为月光
夜晚更加黑暗，染黑了众生的目光

月光在大地和天空之间拉上琴弦
无数的弦丝，晚风看守

失眠，是唯一的琴手
琴声，只会在梦乡响起

时间举起自己的头颅，走进
黑色丛林，无人引路

落叶相互轻舔伤口，想象
从枝头到地上的短暂坠落
唯一的飞翔，如同邮票从唇边走上信封

寂寞与伤感拥抱在一起，幻想
打开光明之门，温暖彼此，不过
还是要紧锁大门
脸上的皱纹，绝不能让月光翻开

夜晚，满怀悲伤，白色的躯体
在月光下颤颤发抖
黑色的衣裳趴在脚踝无声哭泣

夜行人，站在十字路口
站在月光下，远方的路漆黑一片
回家与远行，一样的无助

月亮倾倒一盆水，淹死了他的影子
月光揪起他的头发，缠绕脖颈

窒息逼他挣脱，跑到树下
树冠巨大，黝黑，像老屋的房顶
闭严双眼，月亮，月光，被他关在门外

大地上，夜空下，只剩下
月光这位夜行人

安琪的诗

安琪，本名黄江嫔，1969年2月生于福建漳州。中国作家协会会员、中国诗歌学会常务理事。《诗刊》社"新世纪十佳青年女诗人"。合作主编有《第三说》《中间代诗全集》《北漂诗篇》。出版有诗集《极地之境》《美学诊所》《万物奔腾》《未完成》《秘境之旅：内蒙古诗篇及随笔集》《女性主义者笔记》《人间书话》（第一第二辑）等。现居北京，供职于中国诗歌学会。

集萧红语句以纪念这位天才女性

在乡村，人和动物一起忙着生，忙着死……
呼兰河这小城的生活也是刻板单调的。

严重的夜，从天上走下。她们全体到梦中去。
人间已是那般寂寞了！

2017.1.17，北京

曹雪芹故居

2005 年春节我做了两件与曹雪芹有关的事
一、第九遍读《红楼梦》
二、和小钟到黄叶村看曹雪芹故居

这两件事又分别引发两个后果
一、读《红楼梦》读到宝玉离开家赶考时哭了
（宝玉说，走了，走了，再不胡闹了。）
二、看曹雪芹故居看到曹家衰败时笑了
（我对小钟说，曹家的没落为的是成就曹雪芹。）

在黄叶村曹雪芹故居里

我一间房一间房地走过，正是暮晚时分天微微有些阴

行人绝迹，一钟一安一曹尔

2005.3.26，北京

早安，白薇

早安，白薇

露水中的小广场黑褐，清幽，苔藓茂密

早安，青石板台阶和无人踩踏的寂寞，寂寞的白薇

你好

我来自漳州你爱人的故乡

我是杨骚故乡的诗人我代替杨骚看你来了白薇

我的前辈

你和杨骚爱恨纠缠的一生我了然于胸过

不胜唏嘘过

心痛过不平过

无可奈何过

你我相距数十年但再漫长的距离也无法消弭你我之间的
共同

我们都是女人

都在爱中狂喜过绝望过

都被爱火照得光彩十足又被爱火烧得伤痕累累直至

心死

早安白薇

你打出的幽灵塔我还置身其中

你打出幽灵塔最后到达的却是余生凄凉的晚景

你蜷缩藤椅的白发身躯弱小，无助。藤椅是旧的

你是老的

你对一个来访的青年说，我的爱人在漳州

那个青年姓杨，名西北

那个青年是杨骚的儿子

却不是你的儿子

2012.9.26，北京

走遍莫扎特

我相信莫扎特作为音乐材料的现实性

那么暗淡的阴雨线条在此刻

黑衣人的传说如同举着盾牌

如同把九重大门一一推开

欧洲已经分出两旁丽日

欧洲的丽日

晴天中有砖铺就的古典主义

它们直接闪射下来
穿过集体主义的风　风的长发　长发的泪水
绝望却向上的力量

那就是莫扎特的快速旋律
偶尔柔缓，容得下一世界的哀伤
偶尔放置下高音的梯子，沿着咏叹的路径
我和诗一起起伏不定

变冷的手抱成一团
下午抱着上午，脸抱着滑过的深呼吸
奥地利从欧洲走出像天才按住胸口
3 年以后，我 36

应该有一双安静的睫毛得到祝福
远远地，为生活奔波的人很快就要走近
数不清的物质困窘如果音乐不行
就用诗来解救

2002 年，漳州

过尼山

祈祷的人

尼山早已无丘，你的祈祷因此失效

我相信当年当日
颜徵在曾祈祷于此，那时她年轻，脸颊羞赧
内心铺开秘密的呓语
一颗圣人的种子，在祷告中滑向躯体深处

时光急行也罢，缓走也罢
我来的时候圣人已经 2565 岁了
我知道他还将继续存留人世，年增一岁
我还知道，当我离开人世，我将不存

凉风收起羽翼，过尼山
残阳突然飞起，过尼山
看啊，满车红尘中人，齐齐向右，张望尼山
他们终将相忘于江湖
各自回到各自的土屋

他们没有尼山可供寻访
他们此生的落寞，圣人也无法排解

2014.01.16，北京

奔赴郏县

是处青山可埋骨，他年夜雨独伤神。——苏轼

雨
在柏树间寻找放它们入尘世的人

588 株柏树，侧向西南，以致夜色
也跟着侧向，以致夜色中的雨，也
有了一幅，西南的面孔

西南，西南，眉州的方向
故乡的方向！但你不是已命名此处青山
小峨眉了吗

这是你自己选定的归宿地
郏县，茨芭镇，从此多了一个以你姓
为姓的村落：苏坟村。又深又厚的泥土

先是有了你，再有了你弟弟，然后
有了你们的父亲，有了你们的亲人

又深又厚的泥土，适宜埋尸种骨，适宜

夜雨，也适宜清风。这是郏县的荣幸
世界之大，是郏县，而不是漳州，被你选中
以致我高铁奔赴，前来瞻仰

先生，我来看你的时候
神道上的望柱、石马、石羊、石虎、石人
已磨损得很厉害，黄土垄中，想必你也

早已无存。但这有什么关系呢？
你又不活在一具躯壳里，你活在你的诗里
词里文里你的大江你的明月里，你活在——

每一个千里迢迢奔赴郏县的我们里。

2019.11.17

你我有幸相逢，同一时代
——致过年回家的你和贺知章

想象你在路上，一切有价值的行走，路的行走
轮子的行走，马的行走
想象一群树繁华落尽，倍感萧索，想象

灰色，轻灰色，重灰色
一路伴回家的人相遇故园的鬓毛已衰
想象一下，你的登峰造极在未来的节律里依凭
某种成败而定
江山激昂，或来年春暖，关于此生
犹如诗酒入瓶
犹如我最愿生活其中的春秋与唐朝
犹如马，行走在一路的光上
路在光上
你我有幸相逢，同一时代。

2007.2.10，北京

在射洪，致陈子昂

我并不能安慰你的孤独
我的到来对你而言等同没有到来

但我需要你的孤独来激励我的不孤独
当我伸手向你，你手中的笔越发举向高处
那是虚无在虚无处沉默建立的天界，是你

永远书写不完的纸页……天地浩渺
宇宙洪荒，你选择它们为你永生的居住地

以抵抗你在尘世的茫无所依。志在报国

的人啊谁能听取你的谏议？！你忧愁
你愤慨但终究拿腐败的朝政没有办法

于是你以笔为武器、以诗文为子弹
向绮靡的齐梁诗风发起进攻，只能这样了
那些试图建功

立业于本时代的人无不流芳千古
于后时代的文章声名，这是历史的吊诡

也是命运施加于才华卓著者的福报。在射洪
在子昂故里，胡亮和我谈及于此，既嗟且叹
且庆幸——

诗神终究以自己的方式厚待他的子民

"公生扬马后，名与日月悬"
后来者杜甫如是说。呜呼，子昂，吾今来此射洪
吾才不及你才
吾志不及你志，吾悲凉不及你悲凉，但吾确曾

在射洪少年的吟咏声中怆然涕下
那个下午，风微寒，光微凉，射洪中学的舞台上

射洪少年慷慨诵读你的《感遇诗篇》

"本为贵公子，平生实爱才"
我忽然止不住痛哭失声……

2020.11.6，北京

甲午年春，读《史记》，兼怀父亲

父亲，是你说的："孝始于事亲，中于事君，终于立身。"
所以这个春节，我不回去

我就在异乡，读你，读《史记》
我日写诗一首，"扬名于后世，以显父母，此孝之大者。"

父亲，若你还在人世，我必接你至京
饮酒，抽烟，品茶，这些，都是你喜欢的。

我必带你闲逛庙会，地坛、龙潭湖、八大处……
咱一一逛去。父亲你说，周公死后五百年出了孔子
孔子死后又五百年了，那个即将出来的人又会是谁

父亲，我知道司马迁已把这个名额抢了过去，他不推让
他不推让

父亲，我如今活得像个羞愧
一个又一个五百年，已过……

2014.02.03，北京

登鹳雀楼，愧对王之涣

与其说你想登鹳雀楼
不如说你身上的王之涣想登鹳雀楼
每一个中国人
身上都居住着一个王之涣
当然还有其他
每一个中国人到了运城
到了永济
都想去登鹳雀楼
与其说你登的是鹳雀楼
不如说你登的是王之涣楼
每一座被诗歌之光照耀过的楼
都永垂不朽
都亘古长存

这一日你登鹳雀楼
此楼已非彼楼，彼楼已被王之涣移到诗里

留在原地的，彼楼的肉身
早就消弭在成吉思汗的铁蹄下
这一日你登鹳雀楼
登的是一个符号，一个钢筋水泥的符号
黄河东岸
浩渺山川
倘无此楼，则鹳雀何处可栖息
天地以何为标志
黄河东岸、浩渺山川
倘无此楼
则王之涣如何慷慨有大略、倜傥有异才
则你到永济
如何以楼为鉴，照见自己的才薄

2018.9.26，北京

长河与落日

我们的目光不是钉子，不足以
把落日，钉在遥远的天幕上。谁的目光
也不是钉子，王维也不是
更何况长河在不出声地召唤，用着只有
落日才懂的语言，长河和落日是什么关系
为什么落日越靠近长河

脸越红
为什么长河也跟着脸红
我们纷纷拿起手机，只能这样了
把落日装进手机
把长河装进手机
把落日与长河的亲密关系，装进手机
我们不是王维
不能用一首诗把落日装进
把长河装进，把落日与长河的亲密关系
装进。我们不是王维
没有孤独地行进在西行路上
也没有一群守卫边疆的士兵等我们慰问
我们从天上来
来此乌海，寻找王维的长河，寻找
王维的落日，寻找王维的
长河落日圆
烽火台正在修补
烽烟无法修补所以我们看不到孤烟直直上升
我们被领着来到乌海湖畔
乌海湖是截黄河之水而成因此乌海湖也是黄河
黄河也是长河
我们就在乌海湖畔看王维的落日如何落进
王维的长河，因为《使至塞上》
唐开元二十五年
亦即公元 737 年春天某日的那枚落日

一直悬挂在乌海湖上
至今不曾落下

2019.9.7，北京

昌耀诗歌馆

从孔庙中辟出一小方庭院仿佛
寄居在孔子家中的你，昌耀。

白色大理石半身塑像的你
脖子上裹得鼓鼓的哈达，白色的哈达
黄色的哈达，你目视前方，让我想到

前方灶头，有你的黄铜茶炊

初秋的丹噶尔，来往着不多的游人
拱海门下，已无王公头人祭拜西海
古街两旁的店铺，首饰、手链颓然卧于
案上，并无高亢的店主吆喝，一切寂静

寂静。孔庙和寄居孔庙的昌耀诗歌馆
寂静。双手合拱立于大成殿前的孔子
寂静。额头光洁、脸容严峻的老昌耀

寂静。只有古树热闹，枝叶茂盛的古树
结满了密密簇拥的果子，果子名"看瓜"
我们仰首望树，感慨果子如此繁茂
与昌耀诗歌馆的寂静恰成反衬

我们不远千里，来此寂静丹噶尔城
来此寂静孔庙，来此寂静昌耀诗歌馆，无非是
围坐于昌耀塑像下，合影，默祷

再作鸟兽散……昌耀

2020.9.30，北京

屈子与汨罗江

夜晚来到汨罗江
一片心惊，江面比想象中旷阔、荒凉

无灯的桥上
卡车轰隆隆驶过，脚下的大地
在震颤。汨罗江、汨罗江，你
比我到过的任意一江来得沉重

阴郁！

你沉过一具
伟大躯体的水此生再也做不到
无知、无觉，当他走进了你而你也
接纳了他，用死亡的方式

你是一条与死亡建立联系的河
他已用他的死改变了你的命运

他也是一条河，一条
文字开凿的河，其实他一生的
期待无非是与他的王、他的国
相依共存

但他不曾如愿
他被他的王遗弃、流放
至汨罗江。他像撰写遗书一般
记录下的身世感慨、他悲悼郢都被秦军
攻陷、他向天发出的质问……纷纷涌涌
构成了一条现实主义写作之河流传至今

这一个悲剧中的悲剧中人用他的死
使一条江，从无数条江中区别出来

2020.12.16，北京

伐柯的诗

伐柯，原名徐远翔，1969 年生于湖北红安。先后毕业于吉林大学、中国电影艺术研究中心研究生部，1989 年开始公开发表诗歌作品，1990 年创办中国高校民间大学生诗刊《校园诗四季》（后改名为《边缘》），诗歌作品先后入选《超越世纪——当代中国先锋派诗人四十家》《最新当代大学生诗选》等多部诗集；发表有中短篇小说及散文、评论数十篇，著有影视剧本《热血天歌》《陈赓大将》等多部，以及传统文化系列丛书《中国智慧》（英文、西班牙文版）。

一个人独自走向夜的深处

这是音乐和爱情的夜晚
你留下的音符，经过抚摸和倾听
散发出水果样的光芒
信手翻动书籍和整个下午
寒气就从页码中钻出
使这些熟悉的音乐
在怀抱中形成记忆
以梦的方式
缠绕被我照看得很好的村庄

不会再有过路人
月光样漫过窗口
一个人的夜晚教我懂得
只有一把钥匙
才能面向你幽深的大门守望
我才能经历我自己的方向
网下白日散落满地的影子
只要伸出手触摸一下
我就会在空旷的星光下
热泪盈眶

远离这些相依为命的音乐

我将无以为生

风琴远去，乐师远去

潮湿的灵魂温软地安顿下来

围在古旧的天空下发芽

你会在某个清净的早晨

沿着街道的白栅栏，抵达

被我改变了的草地

被女人成片刈倒和误伤的草地

我保持呼吸和默坐的姿势

一个空洞的微笑就会逗留在半空

在深夜

只要有人用琴声解释夜色和月光

我就会独坐于时间的出口

紧紧搂住这些音乐

1991，远东

站在雨中，试图感动一些人

我撑开我

雨就断裂了全部臆想之外的阳光

怀揣简单等待淋雨的心情
我空手站在雨中做实验

风带着雨向西
我远远地向东出现
风的穿透力真强
世界竟薄如被击穿肋骨的命运

翻动一下手掌
雨就像一片成熟的玉米地
覆盖整个城市茫茫而疲倦的眼神
把杂色的天空
沦陷在街道的尽头

城市也有年轻的时候
就像我现在无知地涉水，记忆和睡眠
乘坐的黑伞发散出有益的气息
使我的影子和脚印分外博大

现在，我和雨同样年轻
我们一起散落在人群之上
像一条逐步淹死的鱼

然而，是谁在水之上
为我代替天空看管

那些早已熟悉的下午
和一些风一样沉重的怪东西

我湿淋淋地进入屋檐下
设想有大雨将至的心情
使我再次激动不已

1990，长春

北川之北

是的，我曾经战胜过雪中的芭蕉
我也曾经赢得过黑洞里的草莓

但是，我从未去过四川北面的北川
从未在北川以北，非难阴冷的北风
在这样滂沱的雨夜肆掠
以盗来的天堂之水
悄悄推开门，为你清洗陈年的伤口

既然有人醒着，有人在伤口之外旁观
就一定有人，在门外孤独地疾走
被万籁所笼罩，她的全身一定淋着雨
灵魂无所皈依，一定有人在去年的山涧里

为她施洗，为她吟诵安魂曲

既然有人醒着
就一定有人在长夜里以泪洗面，这些人
不可能不涉及到我动荡的从前

2008.5，北京

月光下的莉莉·玛莲

深夜，我的桌面如此虚空
我只好停止写字和翻书
就着月光，想一想伤心的战争

经常梦见的小女人
用笛子演奏着上帝之乡的颂词
穿透我　恍惚的烛光和泪水

1938 年深秋的月亮
也是用笛子的方式
照亮德意志南部的森林
平静地讲述着目光，河流和战争

为梦中常见的小女人歌唱

为毁在森林的小女人歌唱
反复折叠梦中刀锋一样的火焰
穿过你美妙的胴体
善良的肌肤
在神圣的暗夜中走遍大地

此刻，莉莉·玛莲——
沙漏钟带着金属的响动走过暗夜
火车撞击铁轨的声音
响彻这个城市的床脚

我在乐章中举起枪支
在没有森林和寒冷的夜空中奔跑
像一匹东方的好马
单调而忧伤的枣红马
让子弹在思想中穿行
我向往的红马倒地
倾听月之歌唱

此刻，
莉莉·玛莲——
我成为夜的自由射手

士兵。下午的报纸
纸伞。笛子

曲折的雨巷
残肢。小提琴和提琴师
粉红的纱窗
号角与壁灯
厌倦了漂泊的漫游者。安魂曲

还有，风速和风向
莉莉和玛莲

梦中丧失了诗意和容颜的小女人
不要去看那张惨白的脸
只管将你的黑发和小手
深埋在黑暗的怀中
向死亡告别
向河流告别
向德意志南部的一只青蛙告别
追随着千年不变的光亮
漫过长街
在你的体内，与我相逢

此刻
夜莺和唱诗班的儿童
一齐停止了歌唱
我的丛林依然在虚弱地为你祈颂
莉莉·玛莲——

莉莉·玛莲——
莉莉
和玛莲

1990，长春

一只猫深夜陪主人打牌

一只猫深夜陪主人打牌
它的双肩，所能承受的全部黑暗
比一滴烛光更加虚弱
比一束民歌，更能触动和擦亮
一部森严的法典

是他们，赐予我高秋满室的风声
它的高贵，和城市一样
令我坚持和终结
并且深谙，只需一缕最淡的体香
或者，耗尽嘴中一枚最轻的词
就足以从玩牌者远方的毛发中
垂钓到葬送一生的幸福

雪地的爱人抽身而去
关上门，世界竟小于一粒古人的骰子

它环绕着那漆黑的城，风的脚
轻轻地说出了这样的言辞：
"如果名家的言论使你们畏缩，
请直接师法大自然！"

我是世界一枚小小的骰子
用怀旧的力量倾听，雪落空山
以及被拒绝在门外的世界
用抛向半空的目光，迫使我邻近的诗歌
在一只猫的注视下
缓缓加深睡眠

1991.10，长春

周边的青草

我们总是习惯于，被我们创造出来的周边青草
所遮蔽，习惯于把自己
囚禁在这些茂盛青草自造的悬崖之上
有时候其实我们什么都不缺
除了一块洁净的地面之外
我们还需要用一颗虔敬之心
以不同的方式
来加持这些丰腴过人的青草

你那淡紫色的蝴蝶
被茂密的青草所围困
在黑暗的核心急剧地涌动
光泽令人晕眩，这是多么欢喜的场景啊
此刻，不知道真主是否也能认同
一种同样是从天启走出来的幻象

就像午夜前面的那个人所说
世间事除了生死，哪一桩不是闲事

2018.4，北京

无名肖像

从今天起，我要为你的孤独
浇水，修剪，找一个家
从今天起，就把肖像挂在墙上
让春天的燕子，乔装打扮，称你为王

从今天起，我要让金色的秋天
永远停靠在那一夜，让你灰色的风衣
浇灌出青铜的颜色
用彼此靠近的力量，让我们的呼吸同步

让整个世界都瞬间安静下来
我要让你神秘的微笑
令全人类感到窒息和心悸

我还要让所有认识你的人大声高喊
在水中，在雪地，在风里，在礁石上
让他们知道孤独究竟是个什么东西

2014，北京

我们在长春相遇

修长挺拔的身躯，智慧的前额略显沧桑
轻度的口吃被你急切的语速所淹没
那是我熟悉的割麦子一样的语速和节奏
兄长，这是 1993 年春天的子夜
在略显寒酸的郭公馆
这样的相遇来得有些猝不及防
某人在黑暗中刷刷记录下你含混的思绪
某人，确切地说是公馆的主人，诗人郭力家
他一直躲在角落窃笑
让某人全面心酸

其实，在四年前另一个春天的夜晚

在长春，我遇到一个叫严杰的行吟诗人
他来自海南，披肩长发，比海子更狂放
但他的内心比海子更虚弱
尽管他至今都再毫无音信
但他就像春天的燕子
第一次衔着和你有关的泥土
在长春的小酒馆里和我谈诗，讨价还价
于是我从他手里夺下这片泥土
于是，我开始在炉火旁翻阅着审美
在空无一人的星光下，感受一个人的自由
口吃者的语言如行云流水
足以惊醒我的过往，惊醒我的余生

1993 年春天，我们一起离开郭公馆
那时候的城市还没有出租车
空旷的七舍广场只有两个人
除了自行车行走的声音，你结巴的只言片语
连星光都选择了沉默
那是一辆老式的 28 式自行车
和你高大挺拔的身躯非常吻合
我原本是准备步行五公里
走回红旗街的单身宿舍
你居然磕巴地爆出了一句简洁实用的粗口
操，我驮你一段吧
那应该是最值得纪念的两公里

从明德路到桂林路

我安静地坐在自行车的后座上

如此切近地仰望你笔挺的脊梁，适合审美的脊梁

当那辆老式自行车在明德路的缓坡上飞驰

那种春天的失重感，让我收获了片刻的自由

我们在自由大路平静地分手

一个往东，一个向南

那一夜，我是穿过诗意和美学回到单身宿舍的

静谧的星空下，我忽然想起诗人任白的一首诗

名字叫《春天的夜晚你一定要想着我》

自你离开以后，从此就丢了温柔

这是一首歌的经典开场白

相遇定格在自由大路那个不起眼的瞬间

从此我们天各一方

你开始活在众人的传说中

甚至活成一把气定神闲的椅子，落满灰尘

然后以一个仁者的方式

在大海上和所有的朋友告别，仁者无敌

今夜，当春天再一次降临

我的灵魂如此轻盈生动，充满美感

春天的夜晚我一定会想着你

2018，北京

华清的诗

华清，本名张清华，1963 年生，文学博士，执教于北京师范大学。主要从事中国当代文学研究与批评，出版《中国当代先锋文学思潮论》《猜测上帝的诗学》等著作十余部；曾获华语文学传媒大奖 2010 年度批评家奖、十月诗歌奖等。曾讲学德国海德堡大学、瑞士苏黎世大学等。1984 年始发表诗作，作品见《上海文学》《诗刊》《人民文学》《十月》《花城》《钟山》《作家》等刊。出版诗集《形式主义的花园》《一只上个时代的夜莺》《镜中记》等。另著有散文集《海德堡笔记》《春梦六解》《怀念一匹羞涩的狼》等。

石头记

渐渐地，它感受到了我们紧握的热力
在秋凉中有了通灵的柔软，乃至深度
石头，远比你我经历得更多，但它
一直都在这河滩里沉默，仿佛在记录
又仿佛什么都不做，只想成为
一只羔羊般柔顺的沉默者。然而

当你我抽身离去，它将回到它自己
那荒凉世界中的一员，体温渐渐丧失
任凭风从它身上划过，或是一场不期的暴雨
将它带至远处。它将在泥土中沉睡
不作发芽的种子，而是固守永恒的黑夜
无生，无死，无始，无终……直到

有一天被一只手从泥土里抠出。抑或是
有了玉化的可能，一世一劫，或几世
几劫的故事。在《石头记》中，成为一尊
前世之佛，或一个来世的苦修者，神
魔，任何事物的因，或是果。最终
化为命运的造像，与大荒的讲述者

一只上个时代的夜莺

——致同代人或自己

如烟的暮色中，我看见了那只
上个时代的夜莺。打桩机和拆楼机
交替轰鸣着，在一片潮水般的噪声中
他的鸣叫显得细弱，苍老，不再有竹笛般
婉转的动听。暮色中灰暗的羽毛
仿佛有些谢顶。他在黄昏之上盘旋着
面对巨大的工地，猥琐，畏惧
充满犹疑，仿佛一个孤儿形单影只
它最终栖于一家啤酒馆的屋顶——
那里人声鼎沸，觥筹交错，杯盘狼藉
啤酒的香气，仿佛在刻意营造
那些旧时代的记忆，那黄金
或白银的岁月，那些残酷而不朽的传奇
那些令人崇敬的颓败……如此等等
他那样叫着，一头扎进了人群
不再顾及体面，以地面的捡拾，践行了
那句先行至失败之中的古老谶语

2018.10.8

送亡友

我手捧这一只花环，白黄相间的花枝
开在冰冷的金属圈上。我手捧着这冰冷
如握着他渐凉的手臂，直到渐渐麻木
这是一年中的第几次？第几次
见证人世的洗礼？第几次生死课上的练习
他的双手，曾经书写，劳作，争斗
历经人世的爱恨情仇，亦曾经扶老携幼
或者蝇营狗苟，如今都只剩了空空
安卧在同样安静的身体两侧：他那
走过万水千山的双腿，自然地并拢
呈现出最规整的立正姿势。但它的脚
再也不会行走在大地，而是怯怯地悬空着
尽管换了一双新鞋，也无法掩饰它们的
僵硬。他再也不会从睡梦中坐起，关掉
这低徊盘旋的哀乐，再也不会点一支烟
喷出惬意的烟雾。不会双手接过这花
闻一闻新鲜扑鼻的香气，不会一边看座
一边笑着对我说，唉，太客气了
谢谢你，老朋友，我的兄弟……

读史

疯人船漂流于十七世纪的河上，划开了
一道岁月的金边。武士荷戟站在船上
头戴金黄的头盔，腰间挂着
镶银丝的牛皮剑鞘，眼神凝滞，表情包浆
庄严如尸身站立，肉身已成木乃伊

他抡着两把板斧砍了过去，一字排开
被杀的人惊呼着倒地，变成了蚂蚁
剩下的人回家，埋葬亲人，打理田地
交完岁尾的税赋，用剩下的碎银子
看一场讲书人声情并茂，关于英雄的说部

十年一座阿房，一千年会建多少
有多少石壕吏，就有多少猛虎，他所路见
不过九牛一毛。琴响高山流水一曲
可惜喽啰以下无兄弟，管他死多少
十万，百万杞梁能堆多少石头

塞北秋风烈马，江南春雨杏花
征人的血衣由谁收纳？一剑穿胸，血流如注
谁的呻吟在无人打扫的沙场回响

他班师回朝，他败为贼寇，他抢得美姬三两
他史笔如椽，轻描淡写，一笔穿越千秋

猛虎

正午时，那一抹斑斓的光线忽然走了下来
从老屋的中堂上，越过黑漆漆的八仙桌
像我家的老猫一样跳下来。它靠近我
嗅一嗅我的肩膀，面颊，脚踝，然后又
在祖母的土炕上来回转了两圈
它的目光温和而迷离，不时冲着我
打量一番，当它听见院子里的鸡鸣声
像是停了一下，眼皮眨了眨，便又安静地
坐下来，那时它打了个哈欠，血盆大口中
露出了两排锋利的牙齿。我看见它那目光中
似乎闪出了几分忧郁的狂野，让我不得不
把手里的书卷放了下来，将我年少的胳膊
伸出去，但我的舍身饲虎的冒险
还有想要成为它的冲动，好像并没有
让它产生兴趣。就这样僵着，停了一会儿
它像一个习惯了待在笼中的猛兽一样
伸了伸懒腰，趁我从一个假寐中醒来
眨眼间又轻巧地跳回到，那古老的卷轴之中

2018.6

野有蔓草

从卫风穿过王风，来到了略显放荡的
郑风。郑地之野有蔓草，采诗官看到
蔓草疯长，上有青涩的新鲜汁液和味道
他轻触着这片最小的原野，它茂盛的草丛
尚未修剪。风轻轻掠过，小谣曲
在树丛间低声盘旋，湖里的涟漪正在荡开
他的手也变得虚无，无助，像游吟者
那样伤感。"野有蔓草，零露漙兮"，语言
永远比事实来得贫乏，也可能丰富。它们
从来都不会对等的碎屑，此刻挂住了漫游者
让他不得不抽离于凌乱的现实，驻足于
那些暧昧的文字和韵律，并在语句中
搅动了那原本静止的湖面。将小鱼的蹀躞声
悄悄遮覆在温柔之乡的水底

2018.3

富春山居图

这庞大的山水如何住进一幅画里

住进一个人的笔端。黄公，望着山间的云影
茂林修竹像野火一样蔓延
飞瀑流泉前来修筑防火墙，整个秋天
都在围观。哦，这不是一张酥黄的纸
而是一纸符咒，一场照亮中古之夜的大火
从黑暗中的一端，烧向黎明的另一端
这是万山的觉醒，从睡梦中站起
忽然发现自己，如满身环佩的仙子
身上流着乳汁，蜂蜜，甘泉，身下长满
柔软的蔓草，采诗官正于山中徜徉
他有点骚动的心思到底在哪一面斜坡
山下是清秋，山上是群雁，山坡
是一只正如龙游动的笔——皴，披，勾，泼
闪转腾挪的人将自己囚身其间，在醉与梦
梦与死之间，来回观望，踟蹰两难
最终他走出书斋，走出了那幅史诗的卷轴
消失于地平线的尽头，只给后来者留下
一个问题：是成为山民，还是做一个过客
现在由你来选……

化蝶

它肉身的疼痛已经无可承受，这世界中
可怜的软骨头。思想正经历羽化，但肉身

还属幼虫，丑陋而娇柔，比蜗牛更长的路途
脆弱而易受伤害的身躯，但恰好适合
再历一生的形塑，因为它有着不可思议的
天然的缩身术。唉，它声称有一种
伟大的爱情可以奉献一生，这人类想象中
最感人的变形记。看，它慢慢伸出了
一只色彩斑斓的翅翼……另一只
也在颤抖中缓缓变出，最初像折叠的小伞
稍后即慢慢熨平——被晚霞，或一缕清风
现在，一只丑陋的虫蛹完成了它的使命
牢记着它承袭自先辈的脱身术，美
必属无中生有，且需在空气中诞生，那飘忽的
身姿，以及在黑暗中的等待，以及
等待中必须承受的痛苦，都是必须的叙事
这犹如美神本身，她那性感无比的身姿
不过是来自爱琴海中，一股泛起的泡沫……

鸡鸣

暴风雨就要来了
为什么是一只鸡，站上它一生中的
最高处。它昂首向天，其实
只是对着它上方的另一根树枝
发出不安的叫声

暴风雨由远及近，这只鸡
低了低头，又一次扯起了嗓子
它的同类仰头看看
一脸懵懂和茫然，之后又自顾自
寻找起地上的虫子

暴风雨来到头顶
雨点密集，如迎头鞭辟
所有鸡都躲入了檐下
盯着这雨中的异类，一直鸣叫着
目击它羽毛尽湿，瞬间变成了

一只难看的落汤鸡

陈朝华的诗

　　陈朝华，1969 年 8 月出生，广东省普宁人。1987 年开始发表诗作，1992 年大学毕业，一直供职于传媒机构。自诩良知未泯，视真相为职业圭臬；好寻根问底，对未知充满敬畏；宽厚待人，温善立身，交游广泛但能享受孤独，热爱生活却略显无趣。

燃烧的煤看不见鲜血

走入大地深处　寻找焦虑的暗火
我的民工兄弟　低头　猫腰
用双手呼吸
而燃烧的煤看不见鲜血

我的民工兄弟
你们不怕把家书写成都市里的电
尽管只字片语满是血肉的挣扎

那都市里的光明　一直向下飞翔
你们生命稀薄的破碎声　清晰可辨
当大地脆弱的废墟从皱旧的存折中升起
皱旧的存折上盘旋着故乡迟疑的笑脸

故乡迟疑的笑脸无法抵挡　一个词语的时光
一个词语的时光在倾诉中变得如此拮据

而时代的每一条道路
而生活的每一条道路
而梦想的每一条道路
如此颠簸，又如此撕裂

能不能暂停呢
你们那短暂单薄的身躯的黑暗之旅
不过是一次绝望的银行储蓄
而燃烧的煤看不见鲜血

当身体散发着浓郁的霉味
不要让荒凉的灵魂高悬远方
请将折叠的命运　放入口袋
你们手尖上的疼痛扯动着亲人眼光里的企盼

你们脆弱的酒早已斟满　人民币上的尘埃
我的民工兄弟　你们飘摇不定的平静
在沉醉中让我触目惊心
而燃烧的煤看不见鲜血

燃烧的煤　看不见鲜血
燃烧的煤在重复中毁灭鲜血
最卑微的事物拥有最强大的悲酸
从繁复到简单，从幸存到死亡
一切在黯淡中　俯瞰身体的墓园
为时光后面无声的哭泣痛惜
而贫困继续深埋内心
而持续的矿难　继续欢腾

2008.6.6

时光给理想系了一个死结

时光给理想系了一个死结
一切美好的事物
彼此虚度　相依为命

时光只存在意念中
闪耀的群星
对黑夜来说无关痛痒
熄灭的烟头
对失语者也无关紧要
千里之外　一根数据线
就遮蔽了遍地孤独

朝圣途中，一定有
一场未经同意的大雾
突然迷蒙了远山
但只要能看清脚下的路
聒噪的蝉鸣与多余的风景
都无关紧要

多年之后，回忆录中

那虚构的
怒火
也无关紧要了
理想
就是一个越拽越紧的
死结
你看那些被下蛊的词汇
比灰烬还安静

涂改液过时了
删除键　越来越锋利
你来不及和疼痛道别
真相就消失了
像某种消失的　禁忌

像在黑暗中
看见更明亮的黑暗
像在空白中
安慰更无辜的空白

日复一日
或者十年如一日
消失的
总是最诗意的那一部分

而理想
总和明天相依为命

2015.7.23

龙卷风

让信仰异形
让没有规则的城市
像一件道具
让狂欢的灵魂
迷失方向
让恐惧成为风暴中
肆虐的自由

那些摧枯拉朽
不过是一次虚拟的愤怒
是现实的疼痛
是物质的一种偏见和
死亡的一次彩排

那些反抗者
那些历险者
那些幸存者

因此显得巨大

当龙卷风从银幕上消失
另一座城市正灯火辉煌
散场的人们匆匆赶回家
谁在说，活着真好

如果灾难是生活的背景
窥视它的秘密
要付出牺牲
傲慢的生命总要在大自然中
崩塌。它虚妄的喧嚣
要突然沉默

2001.3

一个二维码像一朵不凋零的花

今夜，一个二维码像一朵花
在朋友圈上接力绽放，永不凋谢
一条视频在信息流中奔跑，像一道闪电
灿烂夺目但转瞬即逝
但那个视频，又顽强得像一道瀑布
穿越封控，飞流直下

直击你心中柔软

当不顺从变成一种行为艺术
所有情不自禁的愤怒
都在挣扎中完成自我救赎

哦，把良知放入区块链的朋友
我以诗歌的形式悄悄爱你
因为那不可逾越的良知
是我们共同的修辞
今夜，我写不好此刻的羞耻

2022.4.22

在别人的思想中组词造句

在别人的思想中　组词造句
就像在别人的脚印　跳舞
当狂欢惊醒了秩序
尖锐的跳舞机　是否在呕吐

是否所有的面孔都似曾相识
上班　或者约会
很多人撒谎的样子

像晚报上的消息　毫无新意思

你看那些另类的抄袭　竟没有重复
就像闭上眼睛　黑暗会更加清楚
你只要努力自圆其说
你的努力　便像存折一样严肃

只要目睹一场惊心动魄的交通事故
当丰满的肉体　在瞬间消逝
你会痛感生命的退步
而豁然相信　平安是多么不经意的幸福

你要相信　追逐财富
是历尽沧桑的一次孤独
如果越轨　如果盲目提速
那辆撞断腰的大奔驰　就是

新经济的影子，像一只垃圾股
戛然而止。在别人的思想中
你随波逐流的面孔越来越模糊
你忙碌的样子　像电视里一个白痴

2000.4

诱惑与伤感

诱惑
是一种
逐渐消失的
伤感

一如沉默
是一座虚构的
牢房

爱
是最佳的
越狱工具

但当常识
比真理　还遥远
我已不懂爱
也不愿被爱

2013.12.7

虚构的阴影

虚构的阴影
在一次次转述中
越来越浓

我的焦虑如鲠在喉
在一次次拨弄中
越卡越深

虚构的阴影
是一面镜子
真实的鱼刺
是另一面镜子

虚构的阴影
在显微镜里跃跃欲试
真实的鱼刺
在望远镜中隐隐作痛

相互窥视的镜子
相互折射的镜子
相互挣扎的镜子

相互指责的镜子

镜子中的镜子

如影随形

把隐忍当成另一种敷衍的镜子吧

把敬畏当成另一种羞愧的镜子吧

卑微的真相　犹如额头上

一道道越来越深的皱纹

伴随着生命一起老去

2012.8.7

苟且　或不苟且

暗夜的光　终将

消失在光速中

一个人

终将消失于

人群里

一首写不出的诗

早就消失在

未曾来临的诗意中

当苟且

成为继续苟且的借口
孤独
是永远孤独的乡愁

当一把水果刀的　锈蚀
抵挡不过
一堆水果腐烂的速度
谁在说
肉食者更温柔？

当衰老
比死亡
拥有更多的学问
玫瑰
比枪炮
更懂得撒谎

不要相信苟且者的远方
其实　远方
有它自己的生长风向

其实　远方
只存在你视线之内
疲倦的时候
请保持

把头抬高一点的
习惯

把头再抬高一点
看看以前的云
出没于山峦
自由飘荡

2016.3.22

夜色比纸还薄

夜色比纸还薄
往事比割纸刀还锋利

时间是一种输入法
轻敲键盘的手指
在真相中迷路了

谎言　一个转世女妖
在电脑里喝着还魂酒
她把我的电脑格式化
也读不懂我的寂寞

我的寂寞比禁令还苍白
迟到的冷空气像一片安眠药
偷走了失眠
我在临睡前点了一根烟
就像点亮了一个错误

2013.11.27

必要的徒劳

1

倾尽全力
让内心
在平静之后
继续迷惘
这种必要的徒劳
越勉强
显得越伟大

2

相对于
修改、涂抹与反转
及再反转

一无所知的人
是最合适的告密者

3

简单的标签化
只会让复杂的事物
更加复杂
逢场作戏的人
往往拥有呼风唤雨的
抽象力

4

抽象是经验的提纯
是钝感，是毁灭的方向
一切想象都是
幼稚的　但生机勃勃

5

想象力
只能在想象中
弥补
过去的遗憾
想象中的未来
都不是真正的
未来

6

挺住意味着一切

一切

都是必要的徒劳

比如，在灵感降临之前

一切推敲

都是必要的

徒劳

2017.9.30

端午

每年的这一天

人们总想去水中打捞一些隐喻

水是最美的归宿与信仰

比水柔软或坚硬的事物

都容易受到伤害

水上百舸争流

但划得再快的龙舟

也追不上

"魂魄归来兮"的执念

围观的人们其实是另一种隐喻
他们簇拥在岸边
像长在礼品卡上的一根根艾草
在锣鼓声中逐渐枯萎

围观的人们
围不住时间的流逝

2018.6.18

陷入思考

陷入思考，往往
从陷入某个词语的陷阱开始
比如昨晚，在户外漫步时
仰望朗月
我突然被疏狂一词击中
寂然凝虑　一切俗事都涌上来
和它对磕

在疏狂占上风的那一瞬间
我把武侠小说里

某个怨去吹箫狂来舞剑的落魄隐士
想象成自己　终将老去的样子
这场景应该是年少时的梦吧
现在却无比具象，但很陌生
就像疏狂二字，熟悉又陌生

脑海里突然又蹦出了
"沧桑写尽天为贴"这一句子
我忘了是自己曾经写过的
还是从哪里读到的
纠结中，上网搜不到同样的表达
顿时有点沮丧
然后为对不出下联　继续沮丧

像一个具有反刍功能的消化器
疏狂一词被思考吞下又吐了出来
我回家，泡了一杯浓茶
关了所有的灯，发呆
把疏狂一词放到自撰的对联里
把疏狂一词放到自嘲的打油诗中
我想用它励志
却觉得对不起它

2017.10.13

强迫自己写一首关于月亮的诗

"月亮是我摁在夜空的
一枚图钉
把对你的思念
牢牢挂住"

这是我年轻时所写
某首情诗中的一个片段

忘了那首诗写给谁
也忘了全诗还写了啥
我只记得　面对月亮
从此丧失了借喻的能力

今天，我想写一首关于月亮的诗
脑海里马上闪出
"摁在夜空的一枚图钉"
这个新鲜得老掉牙的意象

是的，月亮还是天上那颗图钉
但它不再承载我的思念
因为，它连一朵浮云也钉不住

其实，月亮从来不在人间
月亮也从来没有读过写它的诗
我一直懂得　所有不及物的抒情
都是自作多情

但是，如果不自作多情
心中的那一轮明月
还有什么意义

2019.9.13，广州

记一段梦呓

你说，肉要长在自己的骨头上
你又说，不要让肉烂在锅里

"即使肉总是在现实中妥协
骨头，起码还连着理想的某根筋"

"你总在重复那些难以揣摩的信息
让信任与疑虑都显得轻浮，甚至多余"

"我在单向度的叙述中已经沉湎太久了"

当秘密被意外揭穿
隐忍就会变得残忍

让你失望的一切
像迟到的预言

"我所有的克制都显得仓促"

2018.12.28

苏历铭的诗

苏历铭，出生于黑龙江省佳木斯市。毕业于吉林大学经济系，留学于日本筑波大学、富山大学，主修国民经济管理和宏观经济分析。1983年开始公开发表作品。著有《田野之死》《有鸟飞过》《悲悯》《开阔地》《苏历铭诗选》《地平线》等诗集，《细节与碎片》等随笔集。

在希尔顿酒店大堂里喝茶

富丽堂皇地塌陷于沙发里，在温暖的灯光照耀下
等候约我的人坐在对面

谁约我的已不重要，商道上的规矩就是倾听
若无其事，不经意时出手，然后在既定的旅途上结伴而行
短暂的感动，分别时不要成为仇人

不认识的人就像落叶
纷飞于你的左右，却不会进入你的心底
记忆的抽屉里装满美好的名字
在现在，有谁是我肝胆相照的兄弟

三流钢琴师的黑白键盘
演奏着怀旧老歌，让我蓦然想起激情年代里那些久远的面孔
邂逅少年时代暗恋的人
没有任何心动的感觉，甚至没有寒暄
这个时代，爱情变得简单
山盟海誓丧失亘古的魅力，床第之后的分手
恐怕无人独自伤感

每次离开时，我总要去趟卫生间

一晚上的茶水在纯白的马桶里旋转下落
然后冲水，在水声里我穿越酒店的大堂
把与我无关的事情，重新关在金碧辉煌的盒子里

大望路

从地铁站里涌出的人群，把我逼到花坛的边缘
顺势而坐，在水泥的冰冷中
看行人穿梭华灯初放的夜色

其实我在比邻的写字楼里已经坐上一天
脊背酸痛，在商务活动的礼节中
始终面露微笑
午后的困意一度幻想自己是一张纸屑
被早春的风吹出窗外，然后
一直飘，一直飞

可我最终还是没能逃走，在冗长的公文里
坚持到最后的分别
对方按下电梯的亮键
等待的瞬间，竟比一万年还要漫长
我努力挺直身体
用外套掩盖衬衫上的茶渍
直至电梯缓缓地关闭

大望路，北京东部的夜场
在这个新地标的位置
有人约会未来，有人分手过去
时尚的靓女目不斜视地盯着新光百货的橱窗
而蓬头垢面的乞丐
躲在暗处翻拣遗落的食物
喜鹊或是乌鸦，在泛绿的枝丫间
舞动自己的翅膀

车流汇聚成阻塞的长河
我是其中一只蝌蚪
在水流尚未漫过的低处
看着新贵和民工走在时代的乐谱里
他们有着各自的足音：铿锵的和蹒跚的
我悲愤我无法发出穿透黑暗的蛙鸣

我的眼前落满一地的烟蒂
在洁净的广场上，鲜明地成为一处污迹
而我不停地点燃一根根香烟
并不停地用脚，准确地说用鞋底
捻灭乱窜的火苗
在等待人群散去的时间里
大望路被我踩出一个洞，黑色的

烟花

始终找不到合适的词
描绘烟花的绚烂
在漆黑无际的夜空里
每一次腾空而起的绽放
闪现人间所有的花
惊艳与凄美、繁茂与寂寞
我必须紧抿嘴唇，不让泪水
落下来

初到北京的深秋夜晚
坐在景山后街的街边
看广场上空
升起一夜的烟花
它们点燃血脉里的每一滴血
我曾想把自己变成
一束璀璨的烟花
在祖国最黑暗的时候
发出应有的光

光阴消减生命的长度
烟花的光芒不再燃烧青春

只照亮结痂的内心
现在，烟花出乎意料的盛开
我只会安静仰望
在光芒暗淡的瞬间
有时想起一些伤感的往事
往事比烟花开得长久
有的镌刻在身体里
灼伤坚硬的骨头

今年春节
我打算多买一些烟花
不再赋予任何的寓意
在人潮退去的时候
独自点燃它们
只想看它们照亮黑夜
看自己的生命里还能开出多少朵
美好的花

暴雨

硕大的雨滴击打窗台的声音
像医生的铁钳，在口中
寻找残缺的蛀牙
风一阵紧过一阵

拍响玻璃窗

懒得起身察看窗子是否关严
暴雨顶多是一只豹子
从空中扑到地上
人世间不缺少愤怒
暴雨的愤怒冲不走内心
深藏的悲苦

突如其来的雨
无非惊扰熟睡的我
它肆无忌惮地击落树冠上的叶子
却伤害不到人类
我有十二对肋骨，任意抽出一条
都能变成巨大的伞

此起彼伏的暴雨
逼迫我滞留异乡
其实我并不急于赶路
任凭雨下个不停
何事慌张，不过是再一次
把异乡当作故乡
把余生泡成
一壶茶

遇见

并不是所有相遇都会停下脚步
在行走中，我们与千万人擦肩而过
人们长着相似的面容
像一只麻雀，遇见一群麻雀
无法看清彼此的眼神

除非一场深入内心的感动
血脉贲张，让头顶的发丝倒立起来
心跳是生命的鼓点
我们却越来越不相信手中的木锤
在自己激励自己的光阴里
怀疑不断敲错节拍

我厌恶穿貂皮大衣的女人
用生灵的命，装扮自己的如花似玉
依旧掩盖不住身体的肮脏
我赞美朴素，开满山岗的格桑花
每一朵是那么的灿烂

遇见是百年修来的福报
可遇而不可求，一旦变成生命的一部分

必是一生的痛

我还没到老年，无法揣度真正的怀念

一路前行的时间里

不会轻易驻足

我把相遇视作最美好的事情

比如遇见雨后的彩虹

横跨天边，而一生的雨中

风不断吹残树上的嫩叶

脚下已是满地的落英

更多的相遇是在镜中遇见自己

人到中年，渴望遇见少年的自己

鬓角早已泛白

像初夏时节，突然遇见

纷纷扬扬的雪

早餐时间

在油条与面包之间，我选择一碗粥

在咖啡与红茶之间，我选择一杯白水

在窗边与中央之间，我选择角落

早餐时间，电视里滚动着全球各地的新闻

其实我已很久不看电视
只想听听天气预报
决定自己是否出门，是否带伞
如何躲开每一场雨

浪掷太多的光阴
剩下的时光已经越来越短
屈指可数，惊出一身冷汗
我要减持好奇心
预备各种冠冕堂皇的借口
随时拒绝任何人

在青年与老年之间，我选择童年
在遇见与邂逅之间，我选择擦肩而过
在尊严与体面之间，我选择自由自在

花费前半生的时间修筑生命的另一个维度
虽然置身尘世，却活在另一个空间
我要珍惜余下的光阴
不再挥霍内心的善意
宁可熟悉变成陌生，直至
视而不见

多年以后

我想起童年藏在烟囱下的信
写给 21 世纪的自己
远离故乡的日子
老宅被悄然拆迁，无人注意到
裹在灰土中的信封
它们消散于往昔的风中
邻家安静如猫的女孩
干净得像一幅画
傍晚总在小街上相遇
慌乱躲闪，却从来没说过话
故乡成为异乡，熟悉的长辈越来越少
记忆中的城市
只剩下几个老地名

额头上的皱纹里深藏的秘密
每一个都能写成悲喜交加的剧本
偶尔穿插无奈与荒诞
无法完美塑造自己
又不想做自己的观众
在沧桑之后，我原谅所有的错误
不再记恨欺骗和谎言

选择遗忘，像小时候用橡皮
擦掉方格本上全部的错字

我收养了一只特别像狗的土狗
牠的依恋，让我随时回到童年
我怀疑牠是谁的转世
否则不会让我如此牵心
毫不犹豫地把牠当成走散的亲人
我长得越来越像善良的母亲
秉性越来越像耿直的父亲
过去是多么抵触
现在却引以为荣
我已习惯了独行和任性
不再委屈内心
做好随时与世界翻脸的准备

地平线

地球是圆的，说到底
根本不存在地平线
而人们依然把视野所及的最远处
称作地平线

地平线是人世间美好的依托

内心有多少悲苦，就有多少

走向地平线的冲动

苦难蔓延于生命的路上

地平线是挣脱现世的憧憬

即便遥不可及

人类情愿把它当成最美的童话

我相信这个童话

喜欢荒原上的地平线

一望无际的大地尽头

飘满疾走的云朵

天地相连，伸手摘下天上的星星

照亮身后所有的黑暗

走向地平线的时间里

我们将会遇见许多人

有肝胆相照的真心，有爱恨情仇的伤感

也有信誓旦旦的背叛

因为相信地平线的存在

甘愿忍辱负重

追求生命中珍贵的喜悦

一旦接近地平线

新的地平线早已悬浮于更远处

在终将抵达的信仰里

我们都会继续前行，浪掷一生的光阴
最后在地平线的前面
一个个悄悄倒下

时间

时间是匀速前行的
没有谁能让时间快起来，也没有谁
能让时间慢下来
指针旋转所有的生命
无形之间，我们都有最后的刻度
现在不过是倒计时

在时间之中，往往忽略时间
想把自己活成理想的模样
时间并不是一副良药，拯救不了
内心的绝望。很多人追越时间的节奏
最终跌倒在时间之外
没有人跑赢时间

时间可以埋葬一个文明，孵化另一个文明
一亿年不过是一瞬间
它的绝情是巨大的齿轮
环环相扣，最终把全部挣扎

变成一种徒劳

人到中年，我接受时间的安排
不再轻易燃烧自己的血液
让自己静下来。我会侧身而立
给追赶时间的人留出通道
我要把时间留给自己，用美好定格既往
不理会人间的诡计，不在意
兄弟变成路人

在时间永恒的流逝中
我会渐渐慢下来，甚至选择
与时间背道而驰
用后半生告别前半生的遇见
在时间面前，做一个失败者
任凭它掠走身外之物
最后带走自己的命

春风里

在生日当天
决定做一次彻底的体检
我想判明自己历经半生的跌宕后
能否继续奔跑，或是接受命运的安排

颐养自己的天年

人生没有什么永恒
只有一个个无常，任何一个无常
都能熄灭生命的火焰
我是一个乐观主义者
忽略过程中的所有羁绊
一直坚信不求自得。庆幸命运的眷顾
不忧心一茶一饭

像一个店铺的伙计
提早做完现世的生意
不纠结损益，不欠任何人一分钱
适时一笔勾销残存的坏账
始终盲目热爱生活
热爱二十四个节气
寒冬里继续默数：七九河开、八九雁来
不知不觉春风就来了
一夜间吹绿所有低垂的柳枝

有时会设想人生的结局
我愿意选择销声匿迹
在江南择一小镇
开一间余生茶馆，遮蔽既往的生活
不再期待重逢与遇见

让自己活得心无牵挂

提前与这个世界

一别两宽

李少君的诗

李少君，1967 年生，湖南湘乡人，1989 年毕业于武汉大学新闻系，主要著作有《自然集》《草根集》《海天集》《应该对春天有所表示》等十六部，被誉为"自然诗人"。曾任《天涯》杂志主编、海南省文联专职副主席，现为《诗刊》主编，一级作家。

应该对春天有所表示

倾听过春雷运动的人，都会记忆顽固
深信春天已经自天外抵达

我暗下决心，不再沉迷于暖气催眠的昏睡里
应该勒马悬崖，对春天有所表示了

即使一切都还在争夺之中，冬寒仍不甘退却
即使还需要一轮皓月，才能拨开沉沉夜雾

应该向大地发射一只只燕子的令箭
应该向天空吹奏起高亢嘹亮的笛音

这样，才会突破封锁，浮现明媚的春光
让一缕一缕的云彩，铺展到整个世界

霞浦的海

1

霞浦，霞光的巢穴

霞光从此起飞，霞光从此出动
黄昏，全部收回，织就满天锦绣

2

霞浦，霞光的渊薮
从天边涌来，从海中跃出
取下架笔，蘸一点霞光，写万千彩章

3

霞浦，山海相映
山之陡峭，恰显海之气象
海之辽阔，方有山之险峻
山，高耸出了高度；海，深沉进而深远

4

霞浦自成一世界，云环雾罩
竖立的悬崖是你的，岬角的小花也是
混沌的岛礁是你的，推涌的波浪也是
海是天然舞台，那一轮磅礴而出的崭新的太阳
也是你的

5

海刷新着世界，每一天都是新的一天
海永远年轻，古老只属于速朽的事物

在霞浦，一切如此现代并继续现代
每天花样翻新的云，每天轮流升起的日和月
你也不再是昨天的你，你已被海风刷新了境界

风中消瘦

关于风中消瘦，你会有怎样的想象

风中消瘦，人在风中
会变得轻飘，感觉自己消瘦了一些
你看那些风中行走的女子
飘飘欲仙，谁都会觉得她们体态轻盈
自我感觉也苗条纤细、身轻如燕

风中消瘦，风本身会使人消瘦
古典的书生总是一身寒瘦
长袖飘逸，长发飘扬，仿佛风中的男主角
而在现代，一位中年男站在风中呼号：
秋风啊！吹掉我这一身肥腻的中产阶级的肉吧

风中消瘦，还有自虐的快感
少年总是倾向于自我谴责
内心的阴森，莫名的邪恶冲动
让他恨不得在风中彻底消灭殆尽

修长的形象，是每一个好幻想的少年的理想

风，你还是留给少女们一点空想吧
让她们觉得自己可以永远那么美，那么青春
那么不切实际地以为自己是世界的中心
一切会围绕她们旋转，被春风包围着拥戴着

西山暮色

久居西山，心底渐有风云
傍晚我们要下山时，他还不肯走
说要守住这一山暮色

他端坐寺庙前，仿佛一个守庙人
他黝黑朴实的面孔，也适宜这一角色
他目送我们，也目送一个清静时代的远去

夜晚的放风时刻

白天，加沙的整个天空都成了禁区
直升机嗡嗡盘旋巡查在城市上空
俯视和监管着每一个街区的每一个角落

只有到了深夜，风筝才获得了自由
于是，城市里每一夜都出现奇特的一幕
成千上万的人在大街上放风筝
他们追逐、他们奔跑、他们欢呼
终于把一种内心的自由放上了天空

鼓浪屿的琴声

仿佛置于大海之中天地之间的一架钢琴
清风海浪每天都弹奏你
流淌出世界上最动人的旋律

这演奏里满是一丝丝的情意
挑动着每一个路过的浪子的心弦
让他们魂飞魄外，泪流满面

确实，你是人间最美妙的一曲琴音
你的最奇异之处
就是唤起每一个偶尔路过的浪子
不由自主地回想起一生中最美妙的经历

然后，他们的心弦浪花一样绽开
在这个他们意想不到的时刻和异乡

风暴欲来

海色苍茫，风暴即将来临
最后一班轮渡正鸣响汽笛
而我，还没收拾好行李
还沉迷于岛上的幽深角落和旧楼台

风暴前的街道何其宁静
游人稀少，腾空了一切做好准备
等候着风暴、海浪和潮汐的正面搏击

我多么希望我的诗歌里啊
也蕴蓄着这种内敛的宁静的力量

自述

在古代，我应该是一只鹰
在河西走廊的上空逡巡

后来，坐化为麦积山上的一尊佛像
浓荫之下守护李杜诗意地和一方祖庭

当代，我幻变为一只海鸥
踩着绿波踏着碧浪，出没于海天一色

但我自由不羁的灵魂里
始终回荡着来自西域的野性的风暴

当我在世界各地行走……

我到过东欧小城郊外的葡萄园
草木静寂，没有任何人来欢迎我们
一条小狗一只小猫都没有
但我们仍欣欣然，在枝叶间一路游荡

我还到过德黑兰市中心的公园里
穆斯林在草地上铺开地毯，合围而坐
青年男女赤脚伸进沟渠冰凉的水里
他们的快乐，不只是表面上的

我也到过新泽西附近的茂密森林里
公路旁停留时，我看见一头鹿迅疾离去
但当地人告诉我，隐秘的不远处
也许有一只狼正冷眼盯着我

我每走到一处，总有声音提醒我：

下车时请带好你的贵重物品
我想了一下，我最贵重的
只有我自己，和我的一颗心

热带雨林

雨幕一拉，就有了热带雨林的气息
细枝绿叶也舒展开来，显得浓郁茂盛
雨水不停地滴下，一条小径通向密林
再加上氤氲的气象，朦胧且深不可测

没有雨，如何能称之为热带雨林呢
在没有雨的季节，整个林子疲软无力
鸟鸣也显得零散，无法唤醒内心的记忆
雨点，是最深刻的一种寂静的怀乡方式

江南

春风的和善，每天都教育着我们
雨的温润，时常熏陶着我们
在江南，很容易就成为一个一个的书生

还有流水的耐心绵长，让我们学会执着

最终，亭台楼阁的端庄整齐
以及昆曲里散发的微小细腻的人性的光辉
教给了我们什么是美的规范

走失的父亲 ①

独自一个人横穿马路的父亲
总让我隐隐有一些担忧
他步履蹒跚，一个人走向对面
他在马路边下车，我继续往前
从后视镜里看到他
小心翼翼，被拥挤的人群裹挟
小时候跟丢父亲会心急如焚
如今却换成了我们操心父亲

这些年都市里走失的老人
是一个庞大惊人的数字
我见过一些寻找父亲的焦急的儿子
他们手足无措，六神无主
不断地自我谴责，自我忏悔
他们每天忙于琐碎事务和应酬

① 本诗写于父亲去世前，那时不敢发表，担心一语成谶。

把老父亲丢在空空荡荡的家里
在等待之中度过一天又一天

我也每天在心怀内疚之中度过
知道迟早有一天父亲会丢下我们
在人群中走失，让我们望眼欲穿欲哭无泪

父亲的身影未出现

"你爸身体不舒服，不下楼吃饭了"
梦中，我们兄弟三人，围坐一桌
母亲做完菜，解下围裙
擦了一下手，招呼我们开始吃晚饭

这是第一次，父亲的身影没有出现
半个月前，父亲去世了
这是他去世后第一次出现在我梦中
母亲说过他去世前两天就没怎么吃东西

这一次，父亲的身影未出现
在梦中，他也只是被我们谈论到……

西部的旧公路

从高速疾驰而来的东部人
难以适应这里的荒芜和慢节奏

夕阳西下，人烟稀疏
公路前头慢吞吞行走的牛群
它们从不理睬你的喇叭和喊叫
任你费尽力气吆喝驱赶也不让路

这些牲畜们就是要用这种态度告诉你：
它们才是这里真正的主人

北京胡同肖像

晨光中站在胡同口提着鸟笼的老大爷的闲散姿态
应该立成雕塑——
那是最著名的老北京风俗画

胡同里的每一块砖都是古董
胡同里的每一片瓦都堪称文物
都应该保护起来

黄昏坐在树下吃饭的一家三口其乐融融的寻常景观
应该永久镌刻——
那是最典型的非物质文化遗产

胡同里的每一棵大槐树都古色古香
胡同里的每一盆兰花都悠久芬芳
都应该予以保留

此外，在这座最生气勃勃的日常生活博物馆里
能否保存屋檐下最古老的那一份温馨
邻里间总是客客气气嘘寒问暖
能否留住树上和墙头长年挂着的那一声声鸟啼
提醒着人世间的某种简单、安静与持续性

春风再一次刷新了世界

寒冷溃退，暖流暗涌
草色又绿大江南北
春风再一次刷新了世界

浓霾消散，新梅绽放
卸下冬眠的包袱轻装出发
所有藏匿的都快快出来吧

马在飞驰，鹰在进击
高铁加速度追赶飞机的步履
一切，都在为春天的欢畅开道

海已开封，航道解冻
让我们解开缆绳扬帆出海
驱驰波涛奔涌万里抵达天边的云霞

杨锦的诗

　　杨锦，男，1963年生于内蒙古乌兰察布盟市，1984年毕业于黑龙江大学中文系，多年从事新闻、影视、出版、文化等公安宣传工作。系中国作家协会会员，全国公安文联副主席、曾任中国作协第九届全国委员会委员，中国散文诗学会会长。曾出版报告文学《中国刑警纪事》《中国亚运纪实》、散文诗集《苦涩的橄榄枝》《漂泊》《冬日，不要忘了到海边走走》《杨锦散文诗选》、散文随笔集《守望如灯》等作品集；选编过《中国当代大学生散文诗选》《中国当代公安诗选》《汶川诗抄》等，荣获过中国公安诗歌贡献奖等多种奖项。现居北京。

冬日，不要忘了到海边走走

1

不要总是在八月去看海，

不要总是在人如潮涌的季节去看海，

如果你喜欢海，就该记住：冬天，不要忘了到海边走走。

2

你的心中真的拥有那片蔚蓝的海吗？

你接受了海的温柔，就一定要理解海的暴躁；你领略了海的妩媚与坦荡，就不该责备海的愤怒与咆哮。

3

不要去嬉笑于沙滩上拥挤的人群背后，去捡取夏日的欢乐与放荡，你要在沙滩上所有的人都散去之后，到海边走走，即使是深夜，即使是晚秋，即使是寒冬。

4

悲怆、灰暗、阴沉的颜色，那便是天地混沌一体的冬之海，沙滩上反扣的小舢板会使你想起什么？

你看到海浪在舞蹈吗？那是海孤独的身影。

你听到海浪在喧哗吗？那是海寂寞的语言。

5

海是有生命的。

有呼吸有欢歌有悲调有悄悄独语有暗暗哭泣。

她沉默，会使你如入死亡境界。

她咆哮，会使你疑骇是千万头雄狮怒奔而来。

海总是把愤怒的浪头化作平静的波浪，海是人间最慈祥的母亲，她能默默包容所有的不幸。

冬天，不要忘了到海边走走，以你的身影以你的手臂拥抱海吧！

以你的深深浅浅的脚步，在赤裸的沙滩上书写你永恒的恋情。

6

冬天，不管有没有雪，有没有风暴，有没有远航的船，你一定要到海边走走，去看看寂寞的海，像看望久别的朋友或远方不知姓名的恋人，给海一点微小的安慰，不要让冬日的海在孤独中感到忧伤。

1988.6.2

多风的故乡

故乡的风总响起在梦里
梦中总响起故乡的风

故乡的风是祖母悠扬而慈爱的呼唤，醒来却什么也不曾发生，只有呜呜作响的风掠过灰色的苍穹。

故乡是多风的地方。故乡的风粗犷而硬朗，像草原人的性格，故乡的风是草原上的流浪汉，犹若天空的云朵，无所依存，无所寄托，只有用嘶哑的歌喉吟唱着永恒的流浪曲。

一代代的草原人是在粗硬而凄凉的朔风中长大的；一代代的草原人是被这风吹走的，掩埋去的。

多少次从荒凉的梦中醒来，心的原野空旷无边，只有这熟悉而陌生、依稀而清晰的故乡风缠绵着我的思绪。

窗前摇曳的花，门外飘摆的树，总会告诉我故乡风的形象。

茶马古道

跨入大理古街古驿站门口，就如跨越一道历史的门槛。

门前摇曳的风铃，依稀绵延着当年马帮悠悠的铃声；屋檐上生生不息的野草，诉说着岁月的枯荣。俯身院落一口清澈的水井，依稀看见波光粼粼的井水，仿佛侧映出马帮起伏的身影……

马蹄声声，敲打千年古道，穿越雪山，穿越草地，穿越青砖汉瓦时光的隧道，穿越唐诗宋词的字里行间……

马蹄声声，曾经繁华的街巷市井，谁知那清冷的月光，宁静地照耀着孤独的归程。

心存一份思念，多少悲壮的故事消失在激昂的鼓面。

茶香绵延万里征程，丝绸铺就一幅多彩的长卷

队队马帮，穿越崖壁的缝隙

在故土与异域的客栈上行走

茶马古道，茶韵悠悠。

千百年低吟着一首古老的歌谣

如诗如画

如歌如诉

一个民族的历史

就这样在马背上驮过大地的苍茫，岁月的沧桑……

2011.7

伊犁河向西

湍急的河水，沿着冰雪覆盖的河岸奔流不息。

伊犁河向西、向西，这样的流向，出乎我所有的想象。

记忆中大江大河，都是一路而歌

向着东方苍茫的大海而去。

可伊犁河却向西穿越伊犁河大桥，一路西去，流入了异域的山谷。

远方是皑皑的雪山，也许，我需要习惯这样的流向。

隔着岸上的秀美白杨，我眺望从身边日夜奔腾、川流不息的伊犁河，心中充满了向往。

西去的河水，汇聚着走向远方的澎湃。河流也便如远去

的亲人，在永不返还的奔流中深情告别，让我们充满思念，牵着我们的向往……

2015.2

硅化木

数亿年的戈壁岁月，在卡拉麦里的地下，你已习惯了沉默无语。

横亘已久，饱经风霜。当那一片远去的森林以及鸟儿的羽翅作为石的形象站在阳光照耀的雪地上，我的心为之震颤。

淡黄、红褐、灰黑……

那阵阵松涛？那声声鸟鸣？在漫长的年轮中化为岁月的风铃！

硅化木，究竟是木，还是石？

伫立于世人面前，是裸露的痛苦，还是重生的辉煌？每一寸的光阴需要多少的忍耐、多少的等待、泪水的凝结……

也许，它宁愿静静地深藏在地下……

2015.1

音乐湖

倾听

以及抚摸这美妙的时刻，让我沉醉并且长久地沐浴在这深深的音乐湖中吧。

我的心在轻飏，

这是无言的时刻。

我独守着这座属于自己的黄昏小屋，看这纷纷飘坠的音符舞蹈成优美的音乐湖。

有彩蝶飞舞，有花儿盛开，有阳光普照。

这一刻，世界丰富而多情、温柔而浪漫。

夜色已在窗口窥视了，黑色的夜将要吞没一切。

置身于美妙的音乐湖中，我就是永不孤独的贝多芬。

夜色正从音乐之光的脚下退去，音乐湖水浸润着心灵的沙漠。

让我赤裸着走进这音乐湖吧，我便会获得一次新生。

让我的生命之钟在音乐湖中敲响吧，她的声音嘹亮、悦耳、悠长、动听。

大雪覆盖了你的墓地

一场沸沸扬扬的大雪，落满城市的黄昏，我在想象着这一场不期而至的雪正覆盖着你的墓地。

雪飘进那个忧伤的故事。

陵园中，你的墓还没落成，那只是一堆平凡的泥土，让你的生命有了这样一种悲痛的姿势。跨越苍茫的大海，回到故土，难道只为了这一次绝望的远行……

愧疚、遗憾、缅怀……

此刻，大片大片的雪，重重地落在我的心里。

在你坟头献过的花已经枯萎。

飘落的雪，已把你的墓地静静覆盖。

我站在空旷的雪野，向苍天祈祷，大雪啊，不要那么厚重，不要把你回家的路掩埋的太深……

大雪无痕、大雪有痕。

2015.11

普陀之夜

隐匿了白日的嘈杂与纷扰，

疏淡了几许香客的步履匆匆。

客船到时，暮鼓敲过已久。夜晚的普陀深沉而宁静。所有的墙都停止了呼吸，所有的凡尘都等待着净心，会留的自然留，能住的自然住……

夜的深处，海浪喧哮着，撕扯着普陀孤独的衣角，潮起潮落如泼墨，沙滩若宣纸写了一代又一代的往事与梵音。

袅袅的香火在山的一角闪烁，倾听着佛国的高度，不倦的寺院里，千手观音守护着不变的慈悲，一千只眼睛注视着点亮的心灯。

今夜，我是漂泊的行人，梦里几度踮起轻轻的脚尖，聆听莲花里的普陀……

也许，晨曦中，诗意的普陀，朝圣的脚步

会从一朵莲花开始。

2010.10

羊的泪

草原的深处，旅行的异乡人，在踩踏了草原之后，又渴望美味的羊肉和羊汤……

于是，好客的牧人在栅栏里四处抓寻

每一天，都有不幸的羔羊

被送上屠宰的灶台

草原无语，只有大片的白云在天空上缓缓飘动

异乡人载歌载舞，驰骋纵横

我看见羊圈里的羊

眼里都含着泪……

2011.4

一只鸟在汽车挡风玻璃上死去

1

时速每小时 160 公里的高速路上，我看到一只鸟猛然撞上了汽车的挡风玻璃，砰然的响声只是瞬间

我看到，一片羽毛粘在沾满污浊的玻璃上

2

我知道，田野上一只鸟已经死去，我想举手加额，在胸前画个十字

真的，有点隐痛

3

午后的阳光下
汽车继续在驰骋

4

多年之后，我一直记得，有一只鸟在挡风玻璃上
折断了飞翔的翅膀

2011.4

跪俑

从夜与昼之间择路而行

那古朴的颜色，是否在昭示你自身的古老与久远！

当你从泥土中复活时，你也便从此获得了阳光。

走出地宫，走出静穆，走出岁月的尘封。

你披盔带甲，单腿跪地，身后是你驾着战车、列着方阵的秦俑弟兄，虽经历沧桑，却不失浩浩荡荡，凛凛威风。

没有秦俑大战的喧嚣与骚动，却总有隐隐的战马嘶鸣，隆隆的助战鼓声响于这世界的一角，向我们诉说着昨天的年轮。

也许，出征的秦俑曾梦想凯旋的旌旗高擎，归来时却没有归期，成为历史的图腾，梦醒之后，又成为震惊世界的奇观，成为门票下游人参观的展品……

我曾流连于这悲壮的历史沧桑之中，谁能想到这帝王将相的祭品，竟会成为辉煌世界的一道悲怆的风景。

走近那一尊尊跪俑，我心如潮涌。跪俑，你千古不变的姿势，让谁能说得清，这究竟是愚昧还是忠诚。

1993.1

石塘

这是离你最近的陆地了。这是我能够到达大陆的最东端。

站在最靠近海水的岩石上，向着大海眺望，仿佛离你近了。只隔着一片海洋。你在异域最西的海岸。此刻，正是灯火阑珊，你是否也在向着大海张望？也许只有海风能懂得，此刻眺望大海的惆怅……

常常我会在地图上凝望那个城市，那个城市的名字就是你的名字。它很遥远，遥远的需要穿越大海的苍茫，它其实又很近，近得可以在地图上抚摸它的沧桑……

此刻，站在离你最近的岛上，向着你的方向眺望，目光穿越万里云端，有一种思念，如不息的海浪，轻轻地拍打在岸边的石上。

2015.8

鸵鸟

就这样把头深埋下让飞翔静止，让奔跑信息。

此刻，你已预知沙尘暴将会来临，无边的沙尘已从远方出发沙漠上，你孤立无援你是孤独的，无力抗争，无力改变。

只有把头埋在沙丘里了，等待着沙尘暴过去，也许，这是一种生存方式。

有时，我们也需要像鸵鸟一样，需要一个沙丘，把头埋下。

故乡在身后

总是在受伤的时候，才贴紧你的胸膛；
总是在痛苦的时候，才走进你的沧桑；
总是在无奈的时候，才抚摸你的荒凉；
总是在离开之后，才如此怀念你温暖的胸膛。
呵，故乡，不离不弃。
呵，故乡，总在身后，故乡的梦里，像慈祥的母亲，像村口那棵布满沧桑的老树，深情地张望……

看见一只苹果慢慢烂去

树上的苹果，开始是鲜亮的，还有淡淡的香，没有人去碰这只苹果，风里雨里，

苹果孤独地悬挂在枝杈上。

后来，我看到苹果坠落在泥土里，变黄变黑，一只苹果慢慢烂去，没有了光泽与馨香。

然后，

化作泥土。

岁月轮回，生生息息，
谁会关注一只苹果慢慢烂去。

2011.4

以夜色为界

以夜色为界，
两面是我们分驻的领地。
整整一个夏日的热情，在营造一座层层叠叠的故事。
等待着壮烈的牺牲或者死去活来；等待着一场初雪静静的覆盖……
不曾想过，会有一场意外的风暴，瞬间冲毁了心中所有的隐秘设施。
战争始终没有发生。
锈迹斑驳的枪弹里，再难聚起情感的火力，
彼此无法征服对手。
只有等待。
蜘蛛在眼睛里结了网……
情感的战场上，残酷的平静，无休无止的战争依旧在延续。

1989.7

故乡的车站

俄罗斯作家巴乌斯托夫斯基曾这样说，对生活，对我们周围一切诗意的理解，是童年时代给我们的伟大。当我走过半个世纪的人生岁月，仍执着于文学的梦，我似乎更深刻地感悟到，读诗、写诗成为一种习惯和生命的本能，以及诗歌传递的精神与美好，是与童年、青年时代密不可分。于是我常常想起故乡的一枝一叶、一草一木和山山水水。

2016年1月的一个寒冷的早上，突然想起家乡集宁南站这个站名，有一种思念悄悄地弥漫，像塞外飘雪的寂寥与空旷……我青年时的许多次远行都是从这里开始……集宁，记忆中这个名字好像和冬天的寒冷连在一起，和我追寻文学的梦连在一起。我常常夜晚坐89次列车从北京出发，次日五点二十分到达集宁南站，而父亲总在站台上等候……一出车门就像掉进冰窟，冷得刺骨，窒息的冷……89次列车是我坐过次数最多的列车，熟悉得就像故乡亲人们的面孔，几十年不变，集宁南站的凌晨五点二十分，仿佛是89次列车永远到达的时间。三十多年了，好像都是这个时刻，成为故乡生活中的一种习惯。

常常怀念凌晨五点二十分到达集宁南站的寒冷！因为它牵着我曾经的脚步，留下了父亲对我厚重而执着的企盼……后来，父亲因病英年早逝，永远留在了西山的那片墓地，留在那片起伏的山峦中。迄今，他走了那么久了，已二十多年了……后来，我不再从集宁南站下车了，只是经过，只是在梦中随列车呼啸而过；从此，站台上再没有了凌晨五点二十分父亲久久张望的等待。

路遥曾说过，多少美好的东西消失和毁灭了，世界还像什么事也没有发生。是的，生活还在继续，可是生活中的每一个人却在不断地失去自己最珍贵的东西……

多少年过去了，每次途经集宁南站都会感觉，父亲仿佛每次都在凌晨三四点爬起来，骑着自行车在坎坷不平的雪地上一路颠簸着来到车站，五点二十分伫立在站台等待着我。我常常怕自己熟睡中经过，回望中错过了父亲在长长站台上的等待……

常常，我的耳畔忽然会响起89次列车凌晨五点二十分经过集宁南站时熟悉的汽笛和铿锵的轰鸣声！

背上行囊，就是过客。放下包袱，就找到了故乡。沿着林徽因所表述的方向，我常常希望，能有一次说走就走的旅行，在家乡敕勒川下的群山中，在熟悉而陌生的月台上，寻找一种久违的感动。虽然故乡已渐成他乡，但只有当我们充满无限的思念和向往时，它才纯净如初，它让我心中的文学梦插上了翅膀。也许，无尽的远方，无数的人们都与我有关。

汪剑钊的诗

汪剑钊，1963年出生于浙江省湖州市。中国现当代文学专业博士。现为北京外国语大学外国文学研究所教授、博士生导师。出版有著译《中俄文字之交》《二十世纪中国的现代主义诗歌》《阿赫玛托娃传》《诗歌的乌鸦时代》《俄罗斯现代诗歌二十四讲》《比永远多一秒》《汪剑钊诗选》《俄罗斯黄金时代诗选》《俄罗斯白银时代诗选》《曼杰什坦姆诗全集》《茨维塔耶娃诗集》《记忆的声音——阿赫玛托娃诗选》等数十种。

雪地上的乌鸦

雪地，乌鸦
把整个宇宙的孤独集于一身，
"哇"的一声，撕破
黄昏老旧的衬衣。

纤小的爪子灵活地翻动
雪块与落叶，
似乎在其中寻找同类的羽毛
和真理的面包屑。

槭树迎风蹒跚在路旁，
佝偻如一个生育过多的老妇人，
不再有丰满的脂肪和旋律似的风情，
缓缓脱下一层干瘪的树皮，
为饥饿的乌鸦提供最后的晚餐。

存在仿佛是为了对应，
污秽的雪水流淌，浸泡
一张黑白照的底片，
而我们熟悉的乌鸦即将在寒雾中凝固，

成为夜的某一个器官。

2009.12.29

冬至

是的，已经是冬至，
我独自把每一个字与词挨个掂量，
赶在群体性雪花飘落之前。

感情降到零度，
去掉负数，也去掉正数，
一切重新开始，
在镂空的树洞触摸成长的意义。

我，站在我的身外，
眯眼端详无谓忙碌的一尊躯壳。

从今天开始，尝试重新做一个婴儿，
与环形的符号成为亲密的邻居。
手握一枝乌鸦遗弃的枯枝，
享受自由涂鸦的快感，接受声音与象形的爱抚……

哦！感谢母语，这皱纹密布的汉字，

美是艺术的初恋，——蓦然回首：
诗，再一次逼近生活的内核。

冬至日的夜晚，在入九的寒风里哆嗦，
有点沮丧，但我不绝望。

2010.12.22

乡愁

乡愁是一只鸟与影子的恩怨，
它至今还记得，树枝是最初的栖息地，
河边的草丛也是，
一池澄澈的秋水是返照青春的镜子。

荷尔蒙的冲动随着羽毛在两肋下长成，
鸟又怎能不向往远方？
哦，鸟巢和影子是多么的丑陋。

生命可以充分地燃烧，
然后升起如月亮，
隐入黑夜似乎是唯一的选择。

鸟就这样毫无牵挂地告别影子，

在没有阳光的日子，
享受自由，也承担孤独，
只有憧憬，甚至连回忆也被放弃。

但是，只要有光的存在，
影子是摆脱不了的，
愁与乡也是如此，
正如词汇表里那一个熟悉而陌生的词根，故乡。

在云棘丛生的天空流浪已久的鸟，
带着一身的伤口和倦意，
战栗着飞回南方，影子轻轻搭在草丛上，
涌出了泪水……

它看见，人们正在锯割那棵童年的老树，
而树上还有回不去的鸟巢……

2015.4.8

桃花将我一把扯进春天

墙角，残雪清扫着最后的污迹。
在连翘与迎春花之间，我独自徘徊，
为植物学知识的匮乏而深感羞愧。

冲破海棠与樱花的围剿，桃花
将我一把扯进了春天……阳光下，
花瓣轻落，仿佛亲人相见时
滑出眼眶的泪滴，……而附近的方竹
端坐如初，保持君子常绿的风度。

哦，这是来自诗经的植物，
也曾浸染一泓潭水倒映友情的佳话，
在历史的诋毁中闪烁香艳到朴素的美：
"桃之夭夭，灼灼其华。"

花径，拥挤的行人尚未数尽
萋萋的细叶，却比满地的脚印
更早进入衰老；而脚底的一粒尘埃
恢复记忆，想起了绚烂的前生……

2016.4.8

喀纳斯，你还欠我一张合影

漏过云层的月光
轻轻击打水仙与勿忘我簇拥的小径，
蘑菇在断树的伤口里疯长。
天空是一位慈祥的母亲，

敞开一个更为博大、幽深的湖泊……

今夜，卸下面具的矜持，
把自己放逐给烈焰似的酒精，
放逐给芬芳四溢的羊粪蛋，
放逐给触手可及的星星……
一路驱赶清波荡漾的歌声，
犹如放牧一群调皮的野山羊。

夜幕，这黑底的铜镜
依稀映照灵魂的残缺，
心形的节疤反衬落霞的折光，
一粒松果躲在暗处哭泣：

喀纳斯，你还欠我一张合影，
一个美与孤独的拥抱……

2016.7.9

伊雷木湖

到了秋天，湖水已经很凉，
虽说尚有夏天的余温，
从车窗向外看去，一轮血红的夕阳

撞击着戈壁滩上的砾石，
不免为人生感慨，不免
恣意联想，想象伊雷木的内心多么寂寞，
堪比沙漠中的一棵绿玉树。

远眺，黛色的岬角阻挡了视线，
唯有白杨的羽毛在闪烁，
我听见簌簌的苇草在低语：
伊雷木，伊雷木实际是一个美的旋涡，
储存了一亿光年的眼泪，
可以把阿尔泰山冲刷成平原，
湖底的钻石将点燃一座隐性的火山。

一只野鸭在水面凫游，
划动双蹼，打捞星星碎片似的波光；
湖边的山羊发出咩咩的叫声。
伊雷木，来不及与你握手告别，
捡一块石头揣在怀中，
我相信，风带走的一切，
雨必定会还给它。

2018.10.5

清明

需要纪念的人物愈来愈多，
但可以相互交谈的朋友愈来愈少。
桃花已在昨夜凋落，李花却尚未开放，
必须给时间打一个绳结。

捱过了一段漫长的冬天，
从立春日开始，你便期盼那个风和日丽的节令，
在雨水中等待，在惊蛰里祈祷，
甚至忽略了春分之前响起的第一声惊雷。

你祈求世界永远和平，空气永远清新，
天空永远蔚蓝，景物永远明亮，
盘桓于胸腔内外的浓霾一去不返，
怡人的春光在每一个路人的脸上永远停留。

但是，季节的反应留存着地理学意义的差别：
北方继续干旱，犹如皲裂的大龟背；
江南的雨呵，丰沛到泛滥，
无论上天还是入地，都在讲述水的故事。

清明，白色的杏花重归寂寞，

泣血的杜鹃早已在尘世的喧嚣中沦陷。

哦，可以相互交谈的朋友愈来愈少，

而需要纪念的人物愈来愈多……

2019.4.5

线狮

狮子在提线上走，

那来自莽原的野性依然存在，

什么样神秘的力量

驱动着四蹄？奔跑、追扑、蹲卧，

摆动硕大的脑袋，

把快乐送给人民，将力量输入贫血的城市，

时而刚猛，时而温柔，

在腾挪中演示生命的辉煌。

敲锣与擂鼓，叩击麻木的人心，

一个新的世界正在诞生。

戛然而止，甚至连谢幕都省略，

线狮的飞翔是艺人的创造，

让司芬克斯陷入沉思，

掌声与欢呼仿佛与他们无关，

在后台，年轻的驯狮者擦拭滚动的汗水，

露出羞涩的笑容，
映衬着肩膊上轻微颤动的肌腱。
哦，狮子就是狮子，永葆
王者的雄风，哪怕沦落于市井小巷，
哪怕已成为木偶，
哪怕只是在提线上行走。

2019.5.14

时间连灰烬都不会留下

云淡了，轻烟却袅袅不断，
河水浅了，堤岸也有遗痕存在，
风吹过，沙砾覆盖绿地，
树叶凋落，枯枝还在冷风中战栗，
镜子迸裂，碎片落满一地，
华丽的宫殿倒塌，废墟继续成为另一片风景，
白昼循序离开，黑夜照旧泛起余光，
一个人死了，或许还有褒贬不一的浮名，
两个人旷世的爱情消失，积攒的怨恨依然在徘徊，
而时间流逝，甚至连灰烬都不会留下……

2020.10.31

乌石榴

仲春，绿色的涟漪摇曳于邙岭的笔架山，
在杜甫出生的窑屋前，
我诧异地看见，一簇又一簇
乌黑的石榴在高低错落的枝杈上悬挂，
安静、朴素、谦逊，
表皮布满皱纹，犹如诗圣那一颗憔悴的心脏。

这颠覆了人们关于水果的记忆，
打破了习惯的认知。
悬垂的果实拥有土地亲缘性的颜色，
在浆红与黳黑的接缝处完成了某种秘密的转换。

屋顶的茅草已被往岁的秋风掀走，
尽管赤贫到只剩骨头，那饱满的汁液
已在三吏、三别和枣树的故事流失殆尽，
沙哑的声音还在隐约传递，
并穿过篱笆，紧贴着我的耳畔：
"不为困穷宁有此，只缘恐惧转须亲。" ①

---

① 引自杜甫诗《又呈吴郎》。

蓦然，我内心居然产生了一阵采摘的冲动，

但理智打破了向来保持的沉默，

发出轻声的劝阻：

"它内蕴的籽粒或许正供奉着你尚未明了的来世。"

2021.4.18

邱华栋的诗

邱华栋，小说家，诗人。16岁开始发表作品，1988年被武汉大学中文系破格录取，1992年毕业于武汉大学中文系。曾任《中华工商时报》文化读书版主编、《青年文学》主编、《人民文学》副主编、鲁迅文学院常务副院长。文学博士，研究员。目前就职于中国作家协会。主要作品有长篇小说12部，中短篇小说200多篇，出版有小说集、电影和建筑评论、散文随笔集、游记、诗集等100多种单行本。作品被翻译成日文、韩文、英文、德文、意大利文、法文和越南文出版。2016年百花洲文艺出版社出版《邱华栋文集》6册，2018年江苏文艺出版社出版《邱华栋文集》38册，900万字。另与人合作出版有学术著作《金瓶梅版本图鉴》《红楼梦版本图说》《电影作者》等。

相爱的人是相同的火焰

两个相爱的人是两段相同的火焰
他们的肉体带来了雷电
两个相爱的人还可以是波浪的睡眠
在燃烧中，在融汇中，在亲吻中
被梦和风越带越远

火焰般的身体不带来任何消息
它们是树根生长在夜的深处
纠缠着，拥抱着向大地探询
养护着一个最大的秘密

我所说的相同的火焰
就是我和你，大地上的两个盲目的人
一男一女，一个秘密花园的采摘者
如果我们真的是火焰
我们一定是一体的
在火焰中，你看不见我
我也看不见你，青铜色、橘红色
白亮或微暗的火苗
那是我们的舞蹈、排练和拥抱
旋转、跳跃和腾飞

我们把电压升高，或者压低
我们在燃烧的激越中
把身体和心灵烧成灰烬

我说过我们是相同的
在火焰中，没有火焰不是一体的
相同的痛牵动相同的神经
相同的思念牵动相同的回忆

对位

你看：
风和树林
云

我说：云

你和我相互靠近
又越来越远

你说：云

没有我和你
只有风和树林

勾勒

我时常想象着你穿越的树林
想象着你在昨天的雨帘下奔跑
从树梢滴落的雨珠
声音一定比你发梢的小

我想象你小时候的模样
你长得那么快，比你的指甲和头发都快
而你对世界的警觉也在飞速增长

我看到了你那年的雪
看到了雪花怎样在你的双眸中变成了泪水
丰收的谷物，全都堆积在谷仓
停在屋顶的小鸟在炊烟中取暖
时光由南方而来
天上的云彩是鱼抛出水面的波浪
在这个波浪里，我永久地睡眠

种植

我想在你的鞋子里种上玫瑰
而紫罗兰从你的耳朵上长出

我在漫天的大雪中奔跑
降临在我身上的雪，白如白昼

我在残片中拼读你温柔的话语
我很费力，时而有陌生的笔迹

我的只言片语闯进了你的字里行间
我的黑夜混进了你的头发

我在你的鞋子里种上紫罗兰
而玫瑰从你的嘴唇上长出

更多的白昼

我留下的白昼比黄金更深沉
比泥土更黑
比太阳更幽暗

比人心更轻
更多的白昼被我的双手从血管里挤出

我自己

我拥有六次通感的香味
我内视自己　盯住金属心脏
如何凿出诗句和石碑
我暂时不会腐烂，和灯一起开花

我不是流浪的狗
和手电筒
我通过六次瀑布
钢铁缝隙里的鸟巢不是我的家

我的情人有最美的流水
我看见她引吭高歌，赞颂大地上的事物
和新生的青草，还有影子里的死亡

黑夜的马车拉着我
在海面上疾驰成一束光

一夜之间

一夜之间，大风熄灭了整个乐章
走在夏天的血管里
没有人为我的独步鼓掌

我看不见你
用全部的影子
离开了我的伤口
成为血和空气覆盖的溪水

剩下的怀念已经不多了
那些洁白的字
叫我每天都死在爱情里
以粉碎的方式
祭奠飞鸟和夏天的水晶

而最后一个朝圣者
将在五月里为了光和虚空
而复活
明亮的树叶带着我向天空
无限贴近，无限遥远地去熟睡

轻些，再轻些

轻些，再轻些
不要吵醒玫瑰
不要让泪水比空气更沉重
轻些，再轻些
不要进入鸟巢中圣洁的安静
不要叫番红花比马蹄更冰冷

没有什么比雪溶入钢铁更轻
没有什么会比你和我血液里的话更轻
没有什么会比我们的爱情更重，几乎像心一样

吃冰的人

吃冰的人　以火热的嘴唇吃冰
吃冰的人　内心火热
没有钟声
手上洪水泛滥

吃冰的人　以吃冰的方式
表达内心

吃冰者不惧怕透明和寒冷
他咀嚼冰块　用手捂住左胸
那里一座雪山　穿透肋骨

吃冰的人行走在冬天
脚已接近音乐的边缘
吃冰的人吃冰

甜蜜的星空

在金汤湖仰望星空
燕赵大地紫气横生
利剑横空出世　剑光一闪
果实击中英雄
星星以迷乱的阵营
擦痛了我的眼睛
我听到巨大的水在流动
那是在无边无际的夜晚
铁睡着　而你还没有苏醒
让香草铺满你的梦境

在金汤湖仰望星空
偶遇流星，一道红光掠过头顶
我正看着你　那么

是谁将要让你离去
巨木倒地　洪波复生
我泪水四溢　握住了一枚铁钉

记住你生日的人

一个人想起了另一个人
一生中的某一天
那个生命诞生的日子
也是时间的刻度
与记忆的停顿

一个人想起了另一个人
一生中的好多天
那些相遇的日子，相处的日子
也是目光和言语的
偎依和缠绕

一个人想起了另一个人
一生中所有的日子
那是生长的过程
如同铁的锤炼
和佳酿的诞生

一个人想起了另一个人
生命中的这一天
因此，谢谢你的惦念
它不会只是瞬间
而是，黄金在想念分离它的矿石
一场大雨，在思念一滴水

请一定记住那记住你生日的人

我应该把你比作什么植物

我应该把你比作什么植物呢？
比作雪莲花？比作小甘菊，还是花苜蓿？
你纯然的蓝色，纯然的黑色
纯然的白，你比聚花风铃草还要坚韧
比刺头菊还要热烈
比异子蓬还要明亮
比柳兰还容易成活，容易被我所照看

我应该把你比作什么植物呢？
比作高山龙胆？比作戟叶鹅绒藤，还是五福花？
你热烈的舞姿，清新的歌喉
美丽的顾盼，你比天山翠雀花还要骄傲
比麻叶荨麻还要难以接近

比腺齿蔷薇还要精致
比野草莓还要亲切，耐心地被我照看

我应该把你比作什么植物呢？
比作中亚天仙子？比作天山羽衣草，还是毛蕊花？
你洁净的梦，被黑色的乌云笼罩
你单纯的红，比山蚂蚱草还要柔软
比簇花芹还要稳固
比裂叶山楂还要醒目
比淡枝沙拐枣还要甜美，并被我采摘

我应该把你比作什么植物呢？
比作小花荆芥？比作黄花软紫草，还是垂花青兰？
你遥远的呼唤，一声坚定的期盼
使岩石都松动了，你比丝叶芥还要善良
比耳叶补血草还要实用
比林生顶冰花还要柔媚
比四裂红景天还要葱郁，并成为我的明灯高地

哀悼死于爆炸之火的消防队员

那么年轻的消防队员
身体里百分之七十都是水
以血肉之躯，扑向了

化学品仓库的爆炸之火
一瞬间，就凝固了

那么的短，
只是一瞬，生命被碳化
记忆在此刻停止，那么年轻
他们的目光在火中停止了，成为灰烬
水的流动，从此成为了绝响

年轻的消防队员，每一个人
都会把头低下来！都禁不住先哭
为自己，为别人家的年轻人
化为了虚无

年轻的，身体里都是水的消防队员
与火天生是敌人，是水火不容
水滋润万物，火却让万物灰飞烟灭
我多么渴望，你们这些年轻的
消防队员们能够重生

这一刻，所有的声音都归于寂静！
下半旗！下半旗！
请将爆炸的袭击听成自己的丧钟
请珍惜——请把手放在左胸
听一听他们离去的那一瞬

多么的永恒，多么的寂静

那一刻，我没有了呼吸
我为你、他，我为自己哭泣
为无能为力，为尘归尘
为死亡最终都将要把我们收回

年轻的消防队员们，二零一五年的八月十二日
在时间的刻度盘上，你、他的生命
凝结为一滴露珠的怀念，被我们追忆
死于爆炸之火的年轻的消防队员

今夜我不说话，我不能不哭
为把风声留住，为父母亲的低头
你们死于火焰，死于瞬间的高温
却是那么的醒目

而我们继续沉落于灰烬
和庸常，被时光慢慢消耗
把痛苦拉长得像岁月一样长
如同老人望向你那空茫的目光
一样长，如同千年万年一样长

邵勉力的诗

　　邵勉力，中国作家协会会员，中国诗歌协会会员。作品散见于《人民文学》《诗刊》《中国作家》《北京文学》《上海文学》等刊物，曾获《上海文学》奖。著有诗集《邵勉力诗选》《没有河的桥》《月桂》《一棵树》、*A Trip to the Moon*。

银莲花

银莲花在草原上冒着香气
挨着七月，闭上牙齿，阻止我所有的话
出口

这样，白天，只剩下持久的沉默
留在我身上，只剩下三餐和
一个外形
在等着一个声音，一道出现
从大理石的膝盖往上，聚成一个
大球

滚动。夜里
影子
再怒气冲冲推开安眠
我躺着，血液像冰冻的火焰，只负责燃烧，只负责

在又冷又硬的管子里喷涌
我不再流动

黎明是另一个世纪，不知何时开始
我一厘米、一厘米，给自己刻上陌生的

重量

框住一道道灰色的疼痛、烦和躁

在如磨盘的夜

醒着是一种罪

罪得万劫不复，罪得脱离了清晨的窗户

脱离了过去的和现在的枕头

白天迫在眉睫

也是一种罪

金莲花

总是在一种金莲花里向往另一种金莲花

总是错过现在的金莲花，顺便也失去向往的金莲花

做一朵不变的金莲花，就是任

七月的风怎么吹，都吹不出乍见之欢

金莲花，我所有的颜色、葳蕤和繁华

都留给了你的肝肠寸断

草原上的金莲花啊，也需要荆棘呵护

我的绿色去哪儿了？为什么七月的砂石

变得这么残酷

为什么七月的天空这么摧毁滚烫的雨水

草原有些漫长，漫长下面，有小路和河流
可是河流寡淡，金莲花

我在草原上更朦胧
还有悲伤，蒙着从破败的心情上落下的灰
哪种蜡都不能让它亮得像镜子
金莲花，那些人世的家常话，像牧人

自由的小酒，都不能让你暖和吗
还是你交出了自己
还是我无尽地漂浮，与飞鸟和群山一起逃奔
你看一看，朝前，向后
你呼唤一下，在草地和水洼展开满怀的期待
你冲着树根，笑一笑

我带着熟悉的疼痛前进在树枝和天空里
路过哪里就麻木了哪里，金莲花
你究竟要沉溺到什么时候

为什么让我，在阴影和泥土里
这样地沉落

蓝盆花

蓝盆花在草地上奔跑
刚刚我用指尖追上了几朵

这几朵蓝盆花刚刚为我所有了
我是这样喜欢和它们一起搭建亲密的时刻
好像它们也喜欢在我的臂弯里久久走着，那样
就不用在我的孤独上留下痕迹

它们嵌入空气，像蓝油油的安乐
我让自己停滞在这一刻，温和地决定
不再说一句没必要的
虽然这些话热乎乎的
像新挤出的牛奶
浓稠得好似
珍珠般的好觉

我在外套里紧紧地抱着它们
经过半个小时，一个小时
这捧蓝盆花的香味把我塞得
满满当当
我又被灌注了爱

像重逢一样厚实

锦带花

慢慢翻开书，把一页一页，当成想要的锦带花
把条凳当成先于此时的树
把笔当成一个危险，那是先于锦带花的生命
把一盏小小的长明灯，当成了重新开张
把这些 A4 纸，当成不久以后即将得到的爱抚

我把盆盆罐罐，当成田亩
用词语和
锦带花把他们种满
我把词语，当成芳香四溢的亚当
他
在夏夜暗自翻过话茬儿，把夏娃
赶出了唯一的天堂

我把深陷汗水、灰尘和羞愧里的夏娃当成一片树叶，遮
住夜晚
遮住那些颤动的苹果树，亮得像锅底一样的眼睛
我从锦带花里来
我一直醒着，从来不睡

2017.7.11

立夏

太阳位于黄经 45 度的时候，我看芍药
芍药花瓣儿像永恒女性的洁白蓬蓬裙，会引领着一些男
子直接上升

仔细看一片芍药花瓣儿，午后，斜阳里
心会甜到发腻，像众神一直陪着我
过了各个世纪

触摸一朵芍药的手感，比看一片飘落的花瓣儿更有质感，
而质感有声音
这声音比一个清晰的掉落过程更让我沉迷。细节处的
高级
让心脏漏了半拍。韵，是唐代，朗润的小楷

我就用饱满入夏，用不同的洁白入夏，用深度的元气入
夏了
且放胆，在交节处，对接巨大的时间差
那时什么都新鲜，流苏的帷帐前
圆弧形的女人杨玉环，还有相配的不羁和惊喜
那些羞花，散去无影
新旧约定，在闭月的时候，还带着情感的体温

她想起谷雨时，牡丹花下，眼里的你

小满

太阳位于黄经 60 度之际，我开始种草
好闻的泥土，比风吹过更舒适
我捧着麦草和野百合
像把绿色的薄纱融入一片田野
种植的仪式感，像
郑重地移开手机，游向归属的扑克牌

已经忘了现世的开阔视野到底
是什么。觉得有意思的
是心血来潮时的多变
和将一切附加值背上行囊
在混沌与纷繁中，解决掉手中这点
材料。我现在
只要能量源源不断
我只要这田野里生机源源不断

芒种

太阳位于黄经 75 度
我终于到达心中的岛上，阳光倾泻
我快速地接近这些暖的，热的，轻盈的
安顿好光线外的无物和虚空
不多言
等着黄昏的一场雨无声而下，如等了多年的

两个极端，合成一个焦点

下午五点五十五分的沦陷，顶花带刺儿
我觉得自己有一丝丝破旧
草帽上的昆虫形象是飞蛾，这一季
时尚界竟然动用了飞蛾扑火
和如虎添翼，这等来自炼金术的生灵形象
我戴的是飞蛾扑火，穿的是如虎添翼

在年轻的芒种，那一场雨，下在我滴也滴不完的发梢

夏至

太阳位于黄经 90 度
我是古文边低饱和度的睡莲

我，服过酸枣仁和莲子汤后
就安静地睡着

这个夏天，我已服下太多中药的泥浆
睡着时我腹上还灸着艾蒿和龙胆草

穴点区巧妙穿插，如一枚枚
圆印，盖在我的经络上
此时都在催眠

不可解释的身体，针感竟然在梦中被改编
溪水里的我与五行一道潺潺舞蹈
又仿佛我向上，行走在时间中

水草缓缓，掠过我的目光

2017.6.12

小暑

太阳位于黄经 105 度
卷帘低低的，隔开明媚的山水

真实的周遭，和曾经相爱的人

思念成疾，寒意贯穿脊背
像河水一样流淌。所有的记忆
好像
都挂了釉，又重了一下，速度很慢很慢
黑沉沉的

爱是瘾，如直刺的麦芒向内放散
我身处其中时，呼出软软的大自然
脸颊烫出两坡熟透的
橘园
心脏激烈地跳成屋内和屋外所有的
良辰美景

你走之后，我是受损伤的单摆
那些人、细节、山河，都变成了重荷

我在海底的疼痛深处失眠
看过一切液体的植物和花结
在水中找寻碎末似的睡眠，总是越来越难
我又不禁落泪了
如同我只有泪水，对着漫浸的短树枝

大暑

太阳位于黄经 120 度
我在一年中最热的时候
结痂成清澈的冰层

这是
伤心的人

要拼命活着
必须融化各式各样的冰纹

2017.6.13

陈勇的诗

陈勇，诗人、编剧、策划人。毕业于武汉大学中文系，中国人民大学现当代文学硕士。1987年与李少君、洪烛、阿杰、黄斌、孔令军、张静等发起创立珞珈诗派。曾任武汉大学校刊主编、浪淘石文学社社长、湖北省大学生诗歌学会会长。二十世纪八十年代开始，在《人民文学》《诗刊》《十月》《星星诗刊》《中国作家》《解放军文艺》《上海文学》《萌芽》《青年文学》《散文》等上百家报刊发表诗作。曾获诗刊奖、十月文学奖、闻一多文学奖、大河诗刊奖、全球华文诗歌大赛金奖等。出版诗文集《我的柔软有一层铠甲》《留一个梦不做》《两性拼图》等。

立冬的瓦片

北方的清晨是被一阵冷风掰开的
瓦片上的蒿草，顶不住这凛冽的蓝天
就像没来得及收割的胡须
在一面镜子里，变成了时间的卧底

这时序的闹钟不早不晚
我是独守在你屋檐上的那只留鸟
那些不愿凋零的秋风
可以在我的羽翅里打开归宿

或者，找一块长草的屋瓦
逗留并喂养那些难以寄寓的乡愁
但我的乡愁又过于沉重
像树梢上的积雪，像你眸中的月光

清冷的月光，还在继续加深孤独的颜色
我在冷风中叼啄自己的羽毛
我还以为那里能随时翻出你的印记
好比冬天来了，瓦片上仍不肯撤离的蒿草

2020.2

问路者

有一万个理由改变出门的动作
却只有一种眼神可以让脑电波短路

这条路并不短，途经你时已无法打折
这世界缠绕在脖颈上，就是个死扣

也许，流放在你身上的美好时光
并不如一条碎花裙更加耐脏

但我仍然要掰开一片蜜柚，年轻的汁液
瞬间就弥漫了我头顶的天空

那些从指尖上漂过的河流
甚至都来不及细数剩下的春天

2020.2

生辰之烛

北方暖气没到，那就蹭一点阳光取暖

冷空气的问候暂且搁置一边
这个时间刻度上，我所拥有的依傍
比忍受的底线，或许有着更大的摆幅

这个屡屡被时光偷渡的生日
像被蛀空的落叶，裹着金黄飞舞
全世界都被拉来为它伴奏
盛大的金黄，让一棵银杏面临谢顶

在每一个可以预见的夜里
谁能够代替月光引燃我的孤独
一支孤傲的烛苗，弱小、微茫
却不屑于苟合这凛冽的长夜

因为不屑，落叶可以放下秋天
在悬空中完成优雅的一瞥
把凌乱交给枯枝和秋风
再傲人的履历，也不抵风中一叶

这翻滚的夜色，被烛光刺痛
被忽视的瞬间得以壮大
被湮灭之前又抱紧绝望
唯有你的余香，成为打捞星辰的致幻剂

但，就算涂不掉这谷底的风暴

我也要在痛彻中加增一种韧性
就算日子堆叠的积木说塌就塌
也要从废墟里发酵另一个春天

我将领受身上每一处疤痕
用火焰来缝补，用针芒来喂养
当重返的羽翅掠过山巅
这生辰的烛光，必达不灭的天堂

2020.2

冬藏

最恰当的一个词，是收敛
把光束收回内心，敛入这夜色中

双手缩进袖口，裤兜，或手套里
冬储大白菜锁紧稀缺的水分

这含蓄的语气，吐出的是一团雾气
混沌，柔软，周旋着寒冬与发飙的风雪

在广大的北方，避不开寒冷
但，也不必迎向冬季的锋芒

屋檐下垂挂的冰凌，扣留一小段时光
便足以供我煮茶温酒，蓄锐疗伤

2020.2

记住小满

从骨子里，我并不倦于这样一种满足
甚至，在你的眼波里，至少还有上千亩的粘连

并且能够感知，很多动力的配件挂在鼻息和云端之交
似乎伸手可触，手伸处又总是遥不可及

但这，也不妨碍一粒麦子的心情
汗珠或者泪珠，还会继续沿着你的田垄分岔流淌

我已时刻准备好抵近你打开的粮仓
并记住小满：成熟前的籽粒，怎样优雅地为剩下的人生
灌浆

2020.2

叶边光景

如果，从深秋怀里掏出的一枚落叶
不能隔开你与生活的美丽邂逅

如果，这片落叶透着血管的肤色
时间的划痕刹不住尖利的哨音

你饱含青春汁液的眼神里
多少动人故事，才能缔结一滴泪珠

多少泪珠奔赴的雨夜
能换一把伞，为你驱挡瞬间的凉意

以睫毛为花边镶饰的瞳镜啊
阳光有充分的理由，把你的关照敷满大地

2020.2

秋分之夜

从今天开始，我要习惯隔着更漫长的夜色

去破解你瞳孔里滑过的那个世界

草叶上的露珠可以吮吸更经典的秋色
逡巡的马蹄，又将成片收割这深谷的静谧

但我并没有在你的披肩上找到月光
我为什么会被你眼角的那一点凉意屏退

这秋分之夜，酣然睡去的，都是无心的
辗转难眠的，会被那些无可疗救的伤痛反复压榨

我担心，今夜会在一座孤岛的银色沙滩上
被一颗贴着美瞳的星星捉去，听她吐槽，陪她哭笑

2020.2

小年的过法

一种是把灶台擦干净，擦得透亮
假装不曾有烟火气由此过往
最好用糖瓜，堵住灶王爷嘴的去路

一种是洒扫庭院、屋舍和灯台
在斜刺的光里，粉尘不喧嚣

也不试图掩盖历史。所有不祥之物
躲进肉眼不及的地方，由沉默腌制

一种是巧剪窗花，有趣的动物、植物和掌故
用一把剪刀就能顺手点醒
喜庆的年味，十里之外也足可醉人

而最累的一种，就是忙，忙就过去了
时间连一点掐痕都不会留下

2020.2

一种味道

美好的事物更适合缠绵
彼此盘旋着，把一座山送上云端

我就在你的山脚下做一个牧民
放养很容易成活的小幸福

也放养土豆、南瓜、香草
和你舌尖上漂泊的米粒

直到在一座山上，把视野搬空

饥饿感重新移植到另一座山上

2021.9

今生的雪漫过头顶

有很长的故事需要掩埋。不是用土
尘土都飞扬在想要回首的一瞬间

岁月不可逆转地老去。当然也有不老的
比如你的那层笑意，比如你的缄默

还没有走到湖边，脚已经湿了
如同蒸屉里不争气的馒头

但，雪依然没有停止。似乎是不想停
刹车片扮成了演技最好的逃兵

没过脚踝的雪，没过了膝盖
没过了心跳。还要，一直漫过头顶

今生的雪，下得很透，透过薄如纸片的梦
用你加剧的呼吸，来把我亲手掩埋

2021.9

留言

我准备出门了。仅有的一把钥匙
留给你吧。我把家托付于你
就像把海浪托付给星辰
把撒娇的芦苇，过继给秋风

你拿着那把钥匙，可以随时开门
替我掸去记忆里的尘埃
给阳台上的每株绿植浇点水
给鱼缸里加点氧，给鱼喂点食

这次出门，也许要很久
多久？连我自己都没有答案
风筝会和风磋商自己的行程吗
一条鱼在大海里，除非被自己铭记

很快，我就会消失在你的日志里
遗忘并不可耻，只要不记恨
奢求亦不可为，可贵于舍得
一阵风，就可以把什么都拿去

也许留言都是多余。我只是

不想无缘无故从你的世界里蒸发

也不想化一颗泪珠，从你眼前晃过

像拼命涂掉历史的一块橡皮

2021.9

芒种

有芒的麦子快收，有芒的稻子可种

可怜一点收成，从不甘心被麦芒刺破

又转世成为你殷勤的稻谷

回到田垄上，继续被阳光的锋芒逼问

这时光的河道比你更喜欢收紧腰身

我在你瞳孔里布下的种子，还沉睡在谜面中

或许也没打算半夜里醒来

黑暗的墙壁上钟摆像一头吭哧的老牛

对孤独而言，夏天摊开手掌上的夜同样漫长

麦子和稻子交谈的声音压得很低

我至今都无法丈量

从我到你，各种可能性一如蒲公英蔓延

哪怕我沉甸甸的种子，就要从你手中落下

躬身亲吻你脚下泥土的芬芳

2021.9

夏至喀纳斯

夏至日照的落影不在燕山
也不在三亚或更远处的三沙
在于一团魅惑随意涂抹的北疆
被泰加林和冰碛堰塞湖拥揽的喀纳斯

我还没有习惯被你的光照直射
羡慕那些随处可见遍地摇曳的蒲公英
被雨水夺去的绒毛也会悄然重生
甚至把投影留给身边的草叶

夏至把紫外线的穿透力再度调高
一场雨后，阳光是万物最好的解药
世界重新恢复着生动
善良的蝴蝶也并不介意落在我的襟袖

那些躺在山坡上晒太阳的石头
有蓍草、珍珠梅和勿忘我安静作陪
在木栅栏盘桓不到的地方

我身体里的氧，已将这里默认为了故乡

2021.9

在各自时区互致安好

你想要的夜晚，在一段旅程上
被颠簸得有点破碎、迷离，直到恍惚

你不想去的远方，被一块馅饼夹住
就像从旧年翻墙而过，檀郎没有接住

好在整个星球的旋转，都围绕着你
一万朵玫瑰为代表，举起成吨的目光

我们在各自时区互致安好，仿佛一株草
穿过风的长廊，去看另一株微笑

2021.9

抵达一轮弯月

窗外的寒风，仍是北方冬天标准的口音

从耳边呼啸而过，留下布匹被撕开的音色

这夜晚就被孤独撕开了一道口子
露出时间的棉絮，落叶般流落在空中

我被冷空气阻止在微小的空间里
总想用一种静默，暂停这都市的浮华

窗外月色斜挂，在寒风中保持足额的谦卑
在暗哑的低谷里，蜷曲成香蕉的弧度

这月光骨子里的高贵，却分毫不减
它俯视着我，就像我宁折不弯地对视着它

2021.9

桃花庵

烛光和音乐，各自怀揣对夜色的心轨
想趁一丝酒劲，把体内的寒风抖搂出来

龙舌兰的味道，搭着柠檬和西柚的肩膀
夹杂着桃子的口音，让一种表达开始混浊

这也没什么。原本就混浊的夜晚
并不指望被一杯窈窕的鸡尾酒给救醒

这里的夜一向拥堵。三里屯的霓虹幌子
掉进啤酒、红酒和鸡尾酒液，音乐和烛光就有点飘

"酒醒只在花前坐，酒醉还来花下眠"
一首诗的最高境界，是任由自己在花酒之间被丢失

通天的月色还挂在街上，丰盈得溢出汁液
想要圆满什么，又似乎总欠缺点什么

2021.9

早樱

好比早起的鸟儿有虫吃，早醒的樱花
得以贪吃率先来投的那一缕春光

珞珈山的樱花有不一样的轮回
随意绽放的动作，都能找到声母和韵脚

被阳光碰响的闹钟，用超声波
弹奏早樱最敏感的花蕊，像读着一封情书

深呼吸，吐出一个花瓣，再吐出一个
粉嫩的红晕，直达早恋的白云，再也不想散去

2021.9

大道阳关

1

在阳关，玛瑙酒杯刚一碰到日头
无数条道路便摇着驼铃卷土而来
历史的乡愁囤积在此，绵亘千年
一只蚕的流涎里横贯着欧亚大陆

我以一支竖笛的节拍，把风尘轻拭
把阳关高昂的石碑举过时光的地平线
从长安、汴梁到顺天府，从唐诗、宋词到永乐大典
所有的盛世都在小夜曲里荡过秋千

所有文明的关牒，都不吝于把干戈化为玉帛
把通天大道和闯海码头收入阳关的布袋里
即使百代之后再度出发，也要见证这复兴之旅
怎样让一个几度强盛的古国，重新伫立在

珠峰之巅

2

月朗之夜，胡马的嘶鸣，把我从一首边塞诗中揪醒
故国的烽烟只剩下凭吊的废墟，玉器堆满了胡床
兵戈鸣镝埋进了砂砾，将军换了朝服
挂满宫灯的城阙上，贵妃的醉意俯视着能见度最好的山河

这妆奁了和平的镜像里，一条摆渡于时光穿梭机的丝绸
之路
从阳关的肩头飘过，在大漠雄鹰的瞳孔中留下倒影
你好，请把波斯、暹罗、雅典、罗马的城门打开
让郑和的船队驱驶任意一朵浪花，开遍沿途的岛礁
就像史册里驰行的高铁，一条接近于起飞的蚕
用轻柔的丝巾在大地上轻轻地挽一个结
面包与馅饼、热狗与披萨之间的冷漠或疏离
便在同样的味蕾上迅速和解，万众归一

3

这是在驼峰上汇聚着无限热能的阳关
东来西去的商贾，运载着布匹、丝绸、瓷器
把无数驼印摁进古都的喧嚣和繁华
让饥饿、贫穷与战争在文明的酒幌前打烊

这是被友谊的大道反复印证和签注过的阳关

陌生的面孔正变脸为故人，握手有了温度
一团和气的贸易让秤星懂得了谦让
任何敌视和对立只会令饱胀的欲望两手空空

这是庄严的界碑不再筑起门槛的阳关
美酒、茗茶和咖啡的香味弥散在同一扇窗前
当友好往来不再浅唱于外交辞令，那也不妨
在琳琅的店铺与街衢之间坐落为一种俗套

4

这是大道起于阳关而通于世界的复兴之梦
每一个星座都把漂流瓶写上中国的名字
所有的花都摊开掌心，被正午的阳光所加持
被敏锐的时尚追逐的旗袍，可以将 T 台直译为丝绸之路
我在昼与夜的切换中对视着这个世纪之梦
我在一粒细胞的渺小中推算着伟大之大
如同阳关以石碑为准星，校正四通八达的大道
如同一匹丝绸，足以调动任意一条陆路或海路的神经

世界，我来了！带着历朝历代出土的名片
一面是驼铃摇曳、轻纱遮面，一面是渔歌唱晚、绿岛浮浅
大道阳关之上，筑梦的中国正破空归来
千年丝路醒转的一刻，正是花枝春满、天心月圆

2017.10

秋天的温柔地带

1

叶子从树梢上飘落了
擦着我的视线回到土地
叶子落在门外的声音虚弱
像秋蝉被季节的潮声淹没
我该怎样遵循这些高贵的台阶呢
悬而未决的脚印，虚幻而敏感
它将怎样越过众多的姓氏
踏乱远处那个人内心的黄昏

2

壁炉里的灰烬苍白如一张脸
剩余的火星在剩余的梦中残喘
仿佛突然间没有了背景
用十根手指织网，让自己陷进去
一场悲剧被降下的帷幕遮住
孤独首先是从我与时间的僵持中
渐渐苏醒，如透明的冰凌
悬置于眼皮与眼皮之间

3

我隐约听见一粒小麦

在麻雀的叫声里遗漏

真正的收获者，无须用汗珠认领

那一刻，我弯腰的弧度与镰刀相仿

与下弦月保持平行的忧伤

我其实更想系一下鞋带

仅仅一刻，便有无数的车马

把我淹没在尘土般弥漫的怀想中

4

在这样的季节，遗忘

总显得如此高贵而脆弱

犹如一盏高挂的橘灯

风掌握着它的方向和力度

我甚至无法左右内心的火焰

最初的目的，初恋般破碎

或从相反的角度背叛

将我撂在某个动作上无所适从

5

不是一切都在此成熟

秋天，我与一片落叶周旋的同时

得到暗示。沉默的石头缓缓升至

一颗恒星的位置，令世人膜拜
我的鬓角终将被白昼染遍
在你尚未出现之前
拐杖正试图攫取我最后的退路
阳光似一捆松散的麦秸，歪倒路旁

6

以温柔为界，翅膀下展开另一片天空
云层之上是更加辽阔的飞翔
只是当我重新被夜晚召回
所有与你有关的一切
才从海底浮出，生生不息
即便傲立多年的礁石
也忍不住浪花的冲击
任你的纤指拂去我额上多余的小径

7

是的，爱一个人丧失了骨气
整个秋天其实只有一只鸟在盘旋
而森林却已为此注定
来不及整理那些凌乱的枝条
我甚至不知是否要一顶草帽
虚掩一下流落他乡的云朵
我无法直视你，像打不开琴盖的钢琴
音乐在静默之中，我在你之外

8

为一朵花挑选一处风景

为一阵孤独吹落一个梦

按动快门之前，雨点已爬上镜头

因为倍加呵护和谨慎

才显得如此易碎，不堪一击

我是回忆的废墟里唯一幸存的人

为空白的夜晚祈求篝火

为突降的温柔搭起帐篷

9

假如已经发生的不再反悔

原先的站牌不再更改道路的走向

你我偶然相聚，为缘分干杯

为最小的风声而关紧门窗

只当这个世界剩下最后两个人了

我怎么能够拒绝？哪怕冬天

提前沿着光秃的枝丫影射爱情

又有谁能与幸福的力量抗衡

让惊动的马车驰过你我之间

这难以步量的温柔地段

昔日的幻想从你的面部升到星空

在每一扇窗前照耀，播下同一个名字

秋天的收获者正摊开手掌

接受每一颗果实的朝拜

可以想象，我们的足迹被真诚合并

上面覆满了一片片金黄的树叶

1992.12

张小波的诗

张小波，男，1964年1月2日生。江苏如皋人。1984年毕业于华东师范大学。曾出版过诗集《城市人》、小说集《法院》《检察大员》。

火车

高速火车掠过三座坟墓
惯性把它们挤成一堆，又似乎
要把其中一座带走
一秒钟后它冲进隧道
我屏住呼吸，在重见光明时
我已经知道了那三个逝者的性别
及生卒年月
如果隧道再长一点就好了
这样我便会算出他们的后人
如今散落在何方

母亲的火葬场

母亲缓缓出来了
腓骨
胫骨
膑骨
……
骶骨
肱骨

胸骨

……

最后是头盖骨

它们全是白色的

我望向曾经孕育了我的位置
那里空无一物
空得晃眼

也许那是我母亲身上
最先焚化的部分
甚至早于我放在她遗体上的花束

奥斯维辛百花盛开

你很美
奥斯维辛
你是不需要判断的美
我从小就知道的那种美
先是薄雾，凌晨五点
你在梳妆打扮
凌晨六点，你挑选科隆香水
洒遍街道和郊野

太阳升起，百花盛开
每一户都在准备嫁娶
甚至美丽动人的葬礼

你很美
奥斯维辛
你每天都分娩一个诗人
他们不写作，只是不停地
洗冬衣呀洗冬衣
他们不敬畏
日复一日爬梯子
为上帝的口腔溃疡，涂上薄薄的黄金

你很美
奥斯维辛
你配得上一次一次的杀戮
旷野上的杀戮，罐子里的杀戮
那些制服也配得上你
轻盈的肉体
鲜活，但嗞嗞作响的脂肪
飞鸟收窄羽翼
刺探你的美之奥秘
枪杀不是枪杀，焚烧不是焚烧
这些皆为比喻
让剩余的人类为之沉醉

百花盛放在奥斯维辛

血管里的希特勒，婴儿般酣睡

每一种花卉，甚至叫不上名字的

都在低头传诵：

要降临了

要降临了

连男人都抚触虚拟的子宫

微笑轻唤：嗨

他的鼻翼马上翕动

百花盛开，百花盛开

这虚空的爪子的

最后一抓

是一万个呼吸里的碳

是扼住一万个喉咙的甜

甚至美；是一个婴儿的耶路撒冷

我在这里，四点零八分的北京

你很美

奥斯维辛

我以我之尸骸背着你

去往耶路撒冷

十来只东西

天下只有十来只东西
那些有圭角的、能被风吹动的、越数越多的
鹤子
歪脖葫芦
水缸里溢出来的水
在看不见去处的沙塔上我往回走
被一把桃木剖成十来只东西
低垂的肉冠和瓢以及瓢下面滑走的冰

它很大于是它无形
它怒吼于是它宁静。它从球心里探取更大的球
它反剪着手脱下内衣、在物种里拓扑

十来个人，十来条河
水上面行着一个大船
网罟挂上老宅后的木桩
雾霭沿大地遍流，鸟在脑门上观望
歌语从沙缝里冒出来
我在触不着大地的塔腰上鹤一样兀立

那些没有形状的、鸦雀无声的、十来只

东西不是全部
人面有时淡淡如雨后的菊
某一夜犯罪，我永生难忘
这样已经足够了。有余了
球心里有一些创造，这十来只物体
被双手握着，钳住双手

水仙

十年前就被你摧残过
我写下那些诗，全为了摆脱

这意外的分量
相当于一个幼女
还要赎回你锡箔上的遗容

它变稀、发脆
黑暗中一声诅咒送它升空

太可怕的症结：你这个
妇女病和癫痫的发作者
用花园里最后的花朵守护贞洁

永劫不复，而且

仅相当于一次海难
一起未遂暴动，不曾预言的效果

要用一生去摆脱
这份大剂量的
致幻物；这条死亡协定

探测肉体的酸度
我也落网了。全能者——
黄金或猛虎
你还能在它们身上显现
为让我看

地光

在那个时刻我看到了自己的住处
我绕过一块大冰去钓鱼
世界上没有过的好天气。鱼
在水后面呼吸
和我白天的昏迷没什么两样
膝盖抵住岸、手从耳朵里伸出来
手没听见什么
这就是鱼
回家仅仅是一种动作：哼小调或者放个鱼腥味的屁

或者回忆肚皮下的那条鱼

想像它游动。其实尸骨已经是粪便

很远的地方我能望见自己的住所

我住在里面二十年

我总以为我住在里面二十年

其实没有或者不止。正像

我说懒得动其实在动，全因为地球他妈的滴溜溜地转

我去钓鱼，星期二我和它们一起休息

黄昏的时候我回来

说早晨回来也行

反正是回来。说不回来也行

我好像越来越远，我的住所其实是别人的住所

我的欣喜其实是愤怒。二十年

我全住在屋子外面——我以为是在里面

我去钓鱼。鱼的钩背着我走了好远

世界上从没有过的好运道

谁的头发掉在　这里　这么多的

头发和一块头皮　掉在手心上

人却走了　他的左手　和　他的右手

互搏：两败俱伤

鱼：咬住饵的游玩快乐还是疼痛

人：回去或者出来。哪一条路好走

我们觉得是鱼的时候我们是人……

是人的时候我们是鱼……

我们想像自己，我们就是想像不到的东西

看到的全不是世界

看不到的也不是世界。世界就是那么回事

正像地光是一块冰冷的铁

在草丛和城市里睡着

我知道它睡着，并且它会醒来

我那天哼哼的　加勒比小调　愉快地放屁

准备第二天去钓鱼

它果然醒来了　它亮了一下

我的手像抓住上帝一样抓住了另一只手

我知道明天钓不成了　因为明天不会来

明天是个坏天气

或者好天气

一秒钟里听见百年孤独

很多年后，当他面对行刑队的枪口时，想起了那个炎热的中午，他的父亲带他去寻找一块冰……

——加西亚·马尔克斯

手指伸向那摸不到语言的瓷器

他从一匹布的尽头跌落

他沉进水里

身体下面的感官哇哇狂叫——嘴塞满腌瓜

沉沦下去，越沉越快直到禅宗

禅宗的一扇门、门的独臂举起来

五指的鹰犬挣脱五指

他很疼痛，附近有处磁心：木乃伊和瓢

多年参详不透的两件事物四极游动

同一次谋杀反复发生

钟响起来、玻璃否定它、玻璃破碎了

地震之前的人们蒙上人皮返回城市

他很干枯

瓢在水面漂浮

瓢的后面有一点跳动

越跳越急变成拍卖场

他输光家产：在红灯区闲逛

布匹不断地向他展开

站在原地便到了另一个地方

他用手触摸，他被手触摸

父亲的爪子。填满泥土的根把他高举

瓢啊（他战栗着）一只贮满精液的囊

看得见的遗失

握不住的现实

每一处都是磁铁两极

父母老成双兽。走进坛子

从一条废弃的铁轨滑到河底

冷漠的对视说出了一切

冰在水心里放大
发出绝响——时间已到——城市在燃烧
他从没听到过这种声音
很沉闷的世纪如地龙
在一秒钟里从肌门窜入人心

玻璃下的睡姿

一只鸟在空中睡眠而你隔着河才能看到
它的食物在更远的天空中
你移动它直到它的影子完全消失
而在它打开的脑壳里大地上的
人群花朵怪异地战栗

一只鸟在悬浮中翻身
就这个夜晚
四面阴秽潮湿的呼吸迫使它荡来荡去
手穿过它又接受它的暗示回到地面

你作为它的大地执行者而你一无所知
一幢大厦里你走过它的门口而你不知道
这是它的

感动

灯盏吐出破烂的火焰
牙齿吐出笑容
一个人死去变成了水草
在大河的蛛丝马迹里
左右寻找吃的

百年往事
吐出一堆白骨
酒吐出细细的头发
不是妇女就是婴儿

屏风后几个人吐出了酒
鹰从衣架上下来
他们面目不一但它们神似
它的猎物填充
奔赴空难地点的人
整容后的尊严

牙齿一如既往
把针灸产生的笑容透露

减少

爱情在减少着，因为孩子增多
多余的头发被有夫之妇收藏

幽灵吮吸过的嘴唇
还是神圣的——请注意别露出牙齿

我们要相互吹捧直到灯灭
一个人死在另一个怀里

别露出戒指，别暴露戒指围成的空洞
它沉入泥土并打碎死者的脊梁

花朵是恐怖的，它要在葬礼上出现
葬礼也是恐怖的，只有乌鸦先生光临

乌鸦，乌鸦，一齐飞起
乌鸦，乌鸦，抓不到你的衣裳

纪念海子

他们通过死亡去死
不成功的装饰
就真的死去

手摘去眼镜
也同样姿势地从一桩车祸中收回
义眼涉世已深
坚持一种自身的视觉
超乎其上，那是神
面向膏药的效果
无辜活着的人悬浮在镜中
靠手续反复验证

另一种情况下
发套招摇过市
发套风情万种的习性
时时转移
黄金的命更硬更长
夜晚
它先于房事而空着

死了一生就真的死去
镜框里的骨头
越来越有血有肉
骷髅的梦想溅起灰尘

写作的枯枝
先于残缺而空

银幕上的灰尘逼迫他们退场

写巨蜥的书

我所能看到的
那样逝去

手翻来覆去
计算葬仪的光临

爪痕或在空中
爪痕之上是隐名埋姓人的手笔
一己所愿

我退向纸
退向不及物动词

四周的破裂薄如指甲

两张纸

就相互试出了血

更是东方奇观

它藏着但把你来龙去脉摸透

一个叫巨蜥的人

一只巨蜥

单小海的诗

单小海，男，1974 年生于湖南攸县，1991 年考入中山大学。著有诗集《天真与感伤之歌》《第二条河流》。现居北京。

中年写作

一根火柴证明过自己
他又企图再次擦亮。

2018.10.22

"我从大海来，远方波涛平静"

我从大海来，远方波涛平静
大地上的枯荣已不值得挂怀

旅途撷取的果实终要在秋天剖开
只有一半能够清晰地看到核
看到散乱镶嵌的褐色种子
有一半是红的，就有一半是青的
为了从此两不相欠

而走过的路总被后来者重新发现
包括女人、接骨木和曲折的海岸
新的堡垒正面对新的强迁
要我说，审丑也好过荒芜

你从此关心的理应比远方更远

事实上我天性疏散，沉迷于放弃的美
在天秤与人马之间
我选择了猎户的踵和大张旗鼓的雷电
暗夜无边，谁能坚持把尾刺向着满月高高扬起

生命如今是熟铁，也曾经是矿苗
是淬炼，锤打，锈蚀，崩折，也发光
或者是你所溺爱的青铜安卧玻璃橱窗
多少人艰难解读湮灭的文字如同终场感言

秋深了，无焰之火在地下蔓延
这大火如今只将少数人点燃

2018.11.19

怀想故人

今夜，我在南方天空下，默认平庸
一些遥远的暗示，涉水而来

那时候一切平静，激战尚未开始
朋友们爽朗大笑，目光冲动

而众多的歧路在一夜之间便占领了我们的
前后左右
笑声陡地陨落，如秋日骤死之蝶
分明
我们已闻见鼙鼓声音，自某个无法触及角度
席——卷——而——来
我们于是怔住

所有无用与暂时无用的，一并被封存起来
把风，把蒲公英
放逐在书本与黑板五十公里之外的山坡
面对自己的阴影
我们从黄昏死到凌晨

在许多个埋头的日子走过以后
友情，这一树累累的果子
已然坠落大半
我们认识得太久
竟成为唯一可能的理由

号角在山坳上第三次吹响
我们所做的
我们已无法改变
内心风暴，毕竟是内心的
我们必须马上面对汹涌而至的洪水

注定有一些事情，别人无法代替
即使朋友
（高跟鞋橐橐而过　敲断冰锥般的思绪）

一个下午，一阵铃声
你我便开始承受不同内容的目光
从前不是这样　从前
我们曾一起奔于原野　捕风逐影
从前阳光洒在你我身上　分量是相同的
而今天不是这样　今天

你我之间　是相互了解得太深了
那是一种足以让桃花潭水绝望的深度
我们小心谨慎　在可能会合的道上
避免任何冒失与浪费
因此我们最终再无法把手握到一起
大声唱歌
（高跟鞋再次响起，在阴暗的长廊）

我从此日日奔走于许多陌生的地方
奔走于陌生的面孔与陌生的事物之间
除了陌生，此外全都一样
例如阳光和风
笑容每天都有，规格地浆在脸上

而今夜
今夜我独自一人
亲近一张白纸，检索风干的感情
一些动摇的暗示，瑟瑟作响

在我不得不放弃的时候，兄弟
你正将头埋伏在高积的雪山之中
我看到你枯黑的头发，乱而且长
你憔悴的形容，此刻从千里之外袭击
撞碎我的虚荣与梦想
（高跟鞋从门外踩过，消失在黑暗尽头）

1992.3.12

还乡十四行

冬天的风还在湿漉漉的丘陵
上空盘桓。枯枝从车窗外一闪而过
黑。我的故乡是红色黏土
和一条浑浊滞洄的大水

稻田里，禾荑在清贫的风中
怀念收获的光荣
比我更迟的孩子

在田野里默默走动

而我正走向出发的地方
像一只被果园放弃的
梨子，为还乡的渴望炙伤

故乡，我永远只能这样面对你
以仇恨的速度，隔着玻璃
挟着秋天内部的隐秘气息

1997.2.2

亚细亚：河流的孩子

在亚细亚，我们都是河流的孩子
为一条条大水认领
或宁静或湍急
婴儿们顺流而下，直到
长出胡须，或者削发为尼

沿途的风景：
安静的村庄、冒烟的工厂
集市聚散无常
我们被告知，那只是生命的

十二种幻象，轮回往复
巨大的贫穷，在堤岸上闪闪发光

我们彼此相望，却被父亲的阴影分开
又或是端坐透明的子宫，漂浮河上
生命只是绝缘的个体嬉戏
无法喊出声来，喜悦或者恐惧
俱成喃喃低语，何从分享

有的人提前上岸
有的人提前腐烂
或沉没水底，长出芦苇
那顺从的水草，河流的小范围疼痛

而夜晚肥硕无边
荷花灯顺流而下
微弱的光，在水上汇聚成行
仿佛灵魂从高处迫降
又被大地上的死亡次第擦亮

2011.10.07，万荣　南松河上

Bleu，或者点评网的晚餐

现在，该拿什么煮饭呢
还是，干脆我们上餐厅去吃
哪一家餐厅？日料？粤菜？四川火锅
或者索性在晚饭前分开

短暂的点，漫长的线
总是来不及握手的占领和告别
但是怎么会有人责备他虚张声势的热情
他已经死掉了一个主语，只有三个虚词可供调遣
而点灯的人还在路上
但愿带雨的梨花理喻，芍药开了再开
冬天的闹钟早早叫起宿醉的瓢虫

尽管拼凑一顿蓝色的晚餐吧
只有丰盛，才配得上告别
这最后的夜晚，植物纤维、脂肪和优质蛋白
分子厨艺或者庖丁解牛
一网打尽的食物链，牙齿在暗处闪闪发光
没什么好羞愧的，若我们确认只是生命的其中一环
一个背影没有义务假装自己就是高潮

就是天涯和海角

2014.1

东部海滨的七个梦，或阅后即焚

1

梦境被挤兑

痛风的肥腿打湿大海

不是甲，也不是乙

更不是石榴和春风

新的算法发现了新英格兰

也重启了两种因子的弱关系

但强烈的紫外线从来没有提携过我

2

我们的交往以宴饮始

又以宴饮终

若有所失的雪让大地更轻松

溃而不崩的财政黑洞里

密植上访群众

普世技术得到了充分应用

"新世界我还是略懂"
小组长脖子一梗
风土与风土确实有所不同

3

蛮横是更高级的冷兵器
精准熔断了秦岭上膨胀的雨云

4

有理由怀疑
升降和平移
有隐秘的互动关系
牡蛎和大海
俱乐部和南亚快捷航空
在埃舍尔的梦境中双双走失

但只要在楼梯拐角急促地
跺脚两次
海马体就会把欲望的鸡尾酒重新剪辑

阅后即焚

5

劳动人民接管树木

树木接管了纽黑文

天空吞下浮标
又把鱼饵吐出

非洲的移民猴
从射手跳上狮子的背

杂技团
要在短暂的暑假爬上天
请从一棵树开始

6

"我觉得你那么说并不公平
多少人年轻时闪现天才
耗尽余生仅仅是为了
不被幸运女神吞食"

2018.8，波士顿剑桥——纽黑文

被放弃的世界

1

丘陵还在
河流还在，屋舍还在
他们此起彼伏
变换地基、样式和主人
秋天还在，白色的浅云还在
田垄尽头的山冈上
独眼巨人把燃烧的大枫高擎

河流无力改道
他只是渐渐干涸
灌溉的粮棉不再有政府收购
曾汲饮沐浴的人们远走异乡
华席、厕上，被风吹到此处的种子
生根、发芽，下一代又被命运带往别处
我和此地隔了四十载岁月、三千里江山
同样的草长莺飞，同样的枝叶凋零
偶尔在心血来潮的节日
在热烈的爆竹声中
把散落的来处——找寻、辨认

2

站在废祠前枯死的桃树下
张着嘴，仰望着干瘪的毛桃
直到抛掷青果的断瓦砸中头顶
仿佛今天才刚刚醒转
一哄而散的小伙伴们
我从此再没有见过

3

每一次离你更近
不得不暴露的部分就更多
灵魂就更加沉默

4

大雨中，我遇到那个半路走失的人
她随我和我高高抬起的灵柩返回了家乡。

2019.1.30，北京

大海孤儿院

一百个孤儿，或者更多
两百个、三百个，整齐地排列

遵照某个看不见的意志
呆板、有序、拒绝内心戏

他们的亲人定期探访
夏天多一些，冬天绝迹
有些人突然出现，又突然失去音讯

总有人对堤防不满，在控诉，在咆哮
在坚硬的过去面前再次受伤
徒劳地撕扯头发。白沫散尽，太阳
又在对着新人，吐露旧的心迹

不要再对我说什么坚守
看，明亮的大气正在融化
在完美而自由的旋涡里
高高的鹰，高处的灵魂更留恋自己的倒影

当水手解开灰蓝的海水里发白的缆绳
帆船乖巧地掠过水面，转出码头
总有人需要主人，仰慕舵手
你在夜里容易失眠，思绪向四面飞溅
但最后，谁都渴望与闪光的大海和解

2020.10.16，浪骑游艇会

当四岁的儿子开口说：

"我爱你。"我吃了一惊。
这种话我倒是曾经说过，很久以前，
后来成了习惯。脱口而出。后来
又慢慢变得艰难。
当我开口，我觉得胆怯，觉得空虚。

也有不少人对我说这个短语。
最早是母亲，当婴儿慢慢睁开眼睛。
后来，是大地上的花朵，
不同的地域、不同的部落、不同的花期。
惭愧的是，我已经想不起路过的颜容。
而总有人被伤害，终其一生，被一句话囚禁，
远在远方的寺庙里。
我了解：爱，或其他修辞
并不能把人与人真正连接。

如今我很少言语
说这样的话，想这些麻烦的事情。
当她将开口，我停止倾听。
直到你脆生生的童音，在及腰处
响起，像小匕首一样闪光。

你长大了，孩子，就要开始说"爱"。
一开始是回报，用"爱"回报爱；
再后来是交换，用"爱"交换爱；
到最后是投资，用"爱"撬动爱。
你会对这些话语习以为常。
熟练使用一门语言，如换算一种货币，
慢慢地，你还要学习沉默、学习撒谎，
像命运所有的化身，在人间跌跌撞撞。

2020.12

老年组曲

1

在自己的住房里被孩子嫌弃
你究竟在何时弄坏他的童年

2

乡下来的公牛
在客厅和卧室打转
喷着响鼻
愠怒的老，迁徙的不安

3

生活和汤，为什么总是如此之咸
酸呢？甜呢
祖传之辣在哪

酱上洒酱、盐上加盐
是味觉的退化？还是
对厨房天地的变相抱怨
什么才能让你遗忘生命里长久的贫乏

4

吃是和世界最后的沟通
一日三餐反复确认关联
直到失联

"喝的是血，吃的是身体"
谁的身体

5

今天就是过去。今天
只有餐桌，能把一个家族连接
节日里，我们和亡灵彼此喂养
直到自己也成为背景

6

弓着背，胳膊努力划着空气
头习惯地歪向左边
挟带着老年的虎虎生气
你努力奔跑的样子很可爱：
且把衰老甩在后面，既然死亡终究会追上来

7

父子的真相：
相向而行、短暂交会
我为更远处吸引，你被加速度捕获

8

规律的钟，向左和向右
摆幅越来越小，滴答、滴答
时间，如前列腺

9

我看着他们
像一面镜子看着另一面

10

萎缩地站在茁壮旁边笑
茁壮的无知，无所不能

无声燃烧，我在中间

11

纵向轴
把父、子、孙扭结
父亲母亲和我：
一个深 V

12

为了对抗衰老，有人选择偏激
而我，何以就是裁判？自诩天平的准星
如果有真理，真理也将死在我慢慢张开的手心

13

板结的自我，在日见松懈的皮肤下
不碰疼就不显现
如一个婴儿
他既袒露自己，又固执无比

14

牙中有毒，仿佛枪械带上了消音器
肆无忌惮，我在老电影里频频扣动扳机

15

且战且退的人生。晚上，他在泡脚

戴上眼镜看抖音，花花绿绿的假新闻
平行宇宙，他的洞穴

"白天揍完我，晚上，他会轻轻抚摩我的头顶
不知道我其实并没有熟睡"

如今他头发稀少、柔软如婴
"没事，儿子"
他笑笑说："习惯了"

年少时我如何习惯
如今他又怎样习惯

16

世界那么大，没有人会比你爱我更多
虽然爱得卑微、爱得俗气、爱得心虚
而我得承认，并没有那么爱你
但我的感情同样卑微、胆怯、俗不可耐

17

曾经，你期盼我。孕育我。扶养我。梦想我
今天，我忽略你。轻视你。呵斥你。遗忘你
轻贱自己从你世袭的那部分基因，傲慢转身
仿佛如此就能对抗一个早早写定的命运

18

呵，这秋天的金与黄
这来不及凋零的花朵
删繁就简的人生落叶萧瑟

19

你们在我眼前
那么，是谁在一点一点擦去
夕阳在墙上的影子

20

四十多年了呵，我们在一起
我看你眼中总有梁木。与此同时
我知道自己手上带血、眼中有刺
但是谁曾告知：
我们共同扛着一根更大也更沉重的梁柱

2021.11.19

树才的诗

树才，原名陈树才。诗人、翻译家、文学博士。1965 年生于浙江奉化。1987 年毕业于北京外国语学院法语系。现就职于中国社科院外文所。已出版《单独者》《树才诗选》《节奏练习》《春天没有方向》《去来》等诗集；译著有《勒韦尔迪诗选》《夏尔诗选》《法国九人诗选》《杜弗的动与静》《小王子》《雅姆诗选》《长长的锚链》等。2008 年获法国政府"教育骑士"勋章。

永远的海子

一位朋友，心里驮满了水，出了远门
一位朋友，边走边遥望火光，出了远门
一位朋友，最后一遍念叨亲人的名字，出了远门……
从此，他深深地躲进不死的心里

他停顿的双目像田埂上的两个孔
他的名字，他的疼痛，变幻着生前的面容
噩耗，沿着铁轨传遍大地……
多少人因此得救

兄弟，你不曾倒下，我们也还跪着
我们的家乡太浓厚，你怎么能长久品尝
我们的田野太肥沃，你刨一下，就是一把骨头……
你怎么能如此无情地碾碎时间

你早年的梦必将实现，为此
你要把身后的路托付给我。像你
我热爱劳动中的体温，泥土喷吐的花草……
我活着。但我要活到底

你死时，传说，颜色很好

像太阳从另一个方向升起血泊
你的痛楚已遍布在密封的句子里
谁在触摸中颤抖，谁就此生有福

1989.12.20，凌晨

母亲

今晚，一双眼睛在天上，
善良，质朴，噙满忧伤！
今晚，这双眼睛对我说："孩子，
哭泣吧，要为哭泣而坚强！"

我久久地凝望这双眼睛，
它们像天空一样。
它们不像露水，或者葡萄，
不，它们像天空一样。

止不住的泪水使我闪闪发光。
这五月的夜晚使我闪闪发光。
一切都那么遥远，
遥远的，令我终生难忘。

这双眼睛无论在哪里，

无论在哪里，都像天空一样。
因为每一天，只要我站在天空下，
我就能感到来自母亲的光芒。

1990.5.31

极端的秋天

秋天宁静得
像一位厌倦了思想的
思想者。他仍然
宁静而痛彻地
沉思着。

秋天干净得
像一只站在草原尽头的
小羊羔。她无助
而纯洁，令天空
俯下身来。

树叶从枝丫上簌簌飘落。
安魂曲来自一把断裂的
吉他。思想对于生命，
是另一种怜悯。

所幸，季节到了秋天，
也像一具肉身，
开始经历到一点点灵魂。

秋天总让人想起什么，想说什么。
树木颤抖着，以为能挽留什么，
其实只是一天比一天的
光秃秃。

秋天是一面镜子。我把着它
陷入自省，并呐呐地
为看不见的灵魂祈祷。

1992.4

单独者

这是正午！心灵确认了。
太阳直射进我的心灵。
没有一棵树投下阴影。

我的体内，冥想的烟散尽，
只剩下蓝，佛教的蓝，统一……

把尘世当作天庭照耀。

我在大地的一隅走着，
但比太阳走得要慢，
我总是遇到风……

我走着，我的心灵就产生风，
我的衣襟就产生飘动。
鸟落进树丛。石头不再拒绝。

因为什么，我成了单独者？

在阳光的温暖中，太阳敞亮着，
像暮年的老人在无言中叙说……
倾听者少。听到者更少。

石头毕竟不是鸟。
谁能真正生活得快乐而简单？
不是地上的石头，不是天上的太阳……

1994

安宁

我想写出此刻的安宁
我心中枯草一样驯服的安宁
被风吹送着一直升向天庭的安宁
我想写出这住宅小区的安宁
汽车开走了停车场空荡荡的安宁
儿童们奔跑奶奶们闲聊的安宁
我想写出这风中的清亮的安宁
草茎颤动着哐哐响的安宁
老人裤管里瘦骨的安宁
我想写出这泥地上湿乎乎的安宁
阳光铺出的淡黄色的安宁
断枝裂隙间干巴巴的安宁
我想写出这树影笼罩着的安宁
以及树影之外的安宁
以及天地间青蓝色的安宁
我这么想着没工夫再想别的
我这么想着一路都这么想着
占据我全身心的，就是这
——安宁

2000

酒杯空空如也

酒啊酒在哪里拿酒来
杯中酒干了我们就各自回家
空空的大街会送你的
空空的天上你说除了星星还有什么
什么你说天上还有几位神仙
那准是一群摇摇晃晃的酒鬼
他们会醉倒在回家的路上
以为空空的大街就是家

2004.4.8

这枯瘦肉身

我该拿这枯瘦肉身
怎么办呢?

答案或决定权
似乎都不在我手中。

手心空寂,如这秋风

一吹，掌纹能不颤动？

太阳出来一晒，
落叶们都服服帖帖。

牵挂这尘世，只欠
一位母亲的温暖——

比火焰低调，比爱绵长，
挽留着这枯瘦肉身。

任你逃到哪里，房屋
仍把你囚于四墙。

只好看天，漫不经心，
天色可由不得你。

走着出家的路，
走着回家的路……

我该拿什么来比喻
我与这枯瘦肉身的关系呢？

一滴水？不。一片叶？
不。一朵云？也不！

也许只是一堆干柴，
落日未必能点燃它，

但一个温暖的眼神，
没准就能让它烧起来，

烧成灰，烧成尘，
沿着树梢，飞天上去……

2010.10.11

我和我

我不是只有一个吗
我是我的我
不会是你的我
不可能是你的我
但你确实也有一个我
那是你的我
当我们说话时
我是我的我
你是你的我

我几乎是我

我好像是我
我仿佛是我
我恍惚是我
我差不多是我
但我仍然不是我
否则我就不会想哭
另一个我却哭不出来
而我不想笑
另一个我却哈哈大笑
我赶紧去捂他的嘴
捂住的却是我的嘴

我在这儿
另一个我却在那儿
一个在街这边
一个在街那边
喂往这边来我在这儿
那个我于是向我走来
我认得出我来吗
有一次我稍一犹豫
那个我就从我身边过去了
还回过头狠狠瞪了我一眼

我啊我呀我呢我嘛
我天天以我的名义做事

起床刷牙吃饭工作睡觉
我嘛我呢我呀我啊
我该拿自己怎么办呢
我这是问我
我却回答不了我
就像我在做梦
我做的是我的梦
这个我明明躺在床上
那个我却在梦里奔跑
在梦里我比我自由
就像我说话时
另一个我默不作声
甚至看着我祸从口出

没准儿还有第三个我
他没有名字没有形貌
但他跟着我看着我
有点像太阳又有点像月亮

雅歌

六点钟，天空把我蓝透
凭什么？它的辽阔和虚静
我为什么这么早早地醒来

我的嘴唇上为什么有甜味
噢，伟大的美梦，爱——
我醒来是因为梦见了你
我梦见你是因为我会做梦
就在我以为一切落空时
你却笑着出现在我眼前
这就是太阳的隐喻吧
但你美妙的名字叫月亮
爱你，就是我后半生的事业
对你的挂念，操心和祈祷
充实着我每天的每一件事
此刻，我望着天空的一无所有
想着我此生的一无所有
是的，我仍然两手空空
但上帝把月亮都指给我了
是的，我仍然心存念想
菩萨说你就念这一个人吧
世界上有万物，你是一
人心中有万念，你是一
在我飞满梦想的心空中
只有你叫月亮
其他都是星星
我，一粒微尘，一缕风
就让我在你周围飞吧
因为你是发光体，你是！

赵野的诗

赵野，1964 年出生于四川兴文古宋，毕业于四川大学外文系。出版有诗集《逝者如斯》、德中双语诗集《归园 Zuruck in die Garten》、《信赖祖先的思想和语言——赵野诗选》、《剩山——赵野诗选》。现居大理和北京。

霾中风景

塔楼，树，弱音的太阳
构成一片霾中风景
鸟还在奋力飞着
亲人们翻检旧时物件
记忆弯曲，长长的隧道后
故国有另一个早晨
如果一切未走向寂灭，我想
我就要重塑传统和山河

2016

剩山

1

这片云有我的天下忧
它飘过苍山，万木枯索
十九座峰峦一阵缄默
二十个世纪悲伤依旧
大地不仁，人民为刍狗
我一直低估了诸夏的恶

现实还能独自成立吗
湛湛青天，请示我玄珠

2

故园不堪道统的重负
东南起嘉气，驱转星斗
此时念想自彼时眼泪
菊花每开出两地乡愁
更远的溪谷，文字合物事
一个神秘的黄金年代
修辞醉春风，漫天的绿
与圣人气息，诗一样归来

3

那是我梦寐的清明厚土
日月山川仿佛醇酒
君子知耻，花开在节气
玄学被放逐，另一种气候
湿润，明朗，带转世之美
素颜的知识成为人间法
松风传来击壤歌，噫吁嚱
桃花流水悠悠，吾从周

4

自然有方法论，朔鸟啾啾

应和着庙堂上礼乐一片
飞矢射隐喻，春风秋雨
让说不出的东西失去勾连
教条皆歧义，我孤诣苦心
誓要词与物彼此唤醒
深入一种暧昧，酸性的
阴与阳之间的氤氲

5

文明会选择托命之子
谁是那仗剑佩玉的人
受惠于一次秘密的邂逅
他登高必赋，代天立言
凤凰三月至，他九月出走
留众生无数流言与传说
薄雾清晨修来封远书
山水迢递，泛月亮的青色

6

我的梦寐即天下的梦寐
而你，夕光中自负的君主
一个好事者，闪亮登场
此夜江山彻骨寒冷
阡陌连阡陌，你两手空空
西风的尽头六经如谶

城墙上站满历史谪迁户
长空深闱幽幽，吾从宋

7

而当下配不上一首哀歌
我迎风拨弄万种闲愁
光敲开睡眠，蝴蝶翩翩
一点余绪成帝国高度
锦瑟无端翻往世声
明月沧海的高蹈脚步
在时间里踏过，群峰回响
好一个迷离的有情人世

8

斑驳的断崖上遍布爻辞
美乃公器，天下共逐之
天堂与地狱邈不可及
汉语如我，有自己的命运
和牵挂，知白守黑中
我反复写作同一首诗
苍山的花色为此开明白
我原是一个词语造就的人

2015

宋瓷颂

1

起初，是一阵风，吹过水面
自然的纹理，激荡空无的远
再返回，大地上最初的色彩
与形状被唤醒，袅袅烟岚中
哲学和诗歌开始了轻盈统治
山河跃跃欲试，言辞闪着光
涌向汴梁，一个未知的时代
要发明新风尚，把一切打开
帝国尚踌躇，不经意间，美
已到边界，建立起最高法则

2

他梦到一种颜色，雨过天青
来世灼灼光芒，点燃龙涎香
芬郁满城，二十只瑞鹤降临
白云悠悠啊，我清瘦的笔触
似金箔，只描绘不朽的行迹
火光烛空明，夜，人不能寝
词与物合，桃花薄冰中绽开

又委顿一地，我要活出绝对
苍天可鉴，凤凰非梧桐不栖
一旦赢了美，江山何妨输尽

3

在静默中求声音，如在黑里
找寻白，泥土有自己的念想
混合着夜的褶皱，炼金士的
芊芊素手，梳理着白昼疯狂
向往赤子的清澈，诸象渐渐
消失，成为色与空的教科书
看，天理在滋，而尘欲高蹈
岩石的激情静水流深，其实
我们一生努力，不就是为了
极限处脱离形体，迳入永恒

4

寂灭在寂灭之外，何染纤尘
世界，太多的喧嚣，一点冷
从地心穿过火焰，雪花纷纷
在身体洒落，携带六经话语
所以一片瓷，就是一个君子
磊磊若松下清风，惊鸿暗度
高古的旷野，万物一片圆融
幽兰轻轻在日落的山梁升起

我恍若隔世，返回永生之地
夜夜看月缺月盈，不悲不喜

5

这是文明的正午，一部青史
裂缝中漏出的光，改变过去
并昭示未来，天下素面相见
燕子飞出文字，元音把时间
熔铸进空间，成就终极之诗
樱桃涅槃，一法含有一切法
万法山林流云，因此一代代
在内心的尺度中，蓦然回首
美即自然，自然即美，风啊
早已在水上写下天启的颂辞

2018

梅子熟了

梅子熟了，一口饮尽西江水
轻盈肉身炭中端坐

燕子咋咋挑拨诸象
日照风过，池塘自枯荣

五马截断众流，随波逐浪
八方响声皆有刀斧意

日日是生日也是死日
休要惊起那滩白鹭

短贩人捎回祖师念想
谁与万法为伴，巨吕宏钟

明明百草头具足宝藏
好雪片片不落别处

此心如动，大地当会惶恐
庭前石开出桃花千朵

虚空眨眼抛却汝的面目
漫天瓦砾纷纷来敲门

2019

思旧赋

1

突然天暗了，我已渡过黄河
西风奉旨追赶这惶恐的脚步

冰霜凝结旗杆，城墙的寒意
犹强秦，欲一统记忆的车轨

梁栋屋宇尚完好，燕子依稀
在虚空上筑巢，等欢宴再开

往昔玄澹又飞扬，酒盅半醉
似翩翩惊鸿，深情翻卷沧海

王朝残骸里，玉玦傲然长啸
若斯辈耶，正当言天人之际

2

穷巷深深啊，分明有你们的
神识和气息，以及浩荡离愁

新邻不晓旧事，笛声促游子
返回故里，我代天放声一哭

当时夕阳西沉，他顾影弹完
最后一个音，说广陵散绝矣

那一刻时间泪涌，洛水倒流
诸夏心灵获得了最高的尺度

松下风萧萧，一个词迸出来
检讨文明成色，与历史押韵

3

我梦见了谁的梦，桃花古渡
殷人和周人犹唱麦秀和黍离

一个世纪追逐一个世纪，我
绝望地为帝国找寻各种注解

这些狂草的流水，惊悸的鸟
中州的昼与夜，白雪的萤虫

催动着竹林叙事，蝴蝶栩栩
唉，旧世界总有感动，我们

需相互砥砺才能直面晦涩的
现实，并述大心事做无用功

4

春愁跃出纸面，你以笔为马
猛踏进皇帝的后花园，那儿

牡丹滴血，深埋的竹简残卷
赫然现宏大构思，一身新衣

燕山雪花如席，你以命作柴
点燃了轩辕台上尘封的烽火

青史欲招魂，君子要立斯文
天知道易水与昆明湖，孰冷

话说完了，兴亡自有其定数
你低头致意，任刀斧掀巨波

5

云述而不作，在黄昏的苍山
我看到了另一个时空的激荡

落日有全部过往，词语南渡
赋就大人先生的刹那与恒古

万花落深涧，不是谁都配听
广陵散，真名士皆死于复数

音容笑貌将无同，钟敲响处
鹤飞起，对有情道一声晚安

而年岁会继续，隐喻扑过来
我遂写下怀旧诗，作逍遥游

2020

闲情赋

> 坦万虑以存诚
> 憩遥情于八遐
> ——陶潜

1

蚊子踢了我一脚，命数即改
晋耶宋耶，城头变幻大王旗

空洞的名号无须惜，山与河
打谁的封印，反正一场游戏

种桑长江边，三年期可采摘
帝国没有真相，只剩下传奇

文明老了，时代病了，诗家
高蹈的腹诽，今天怨恨昨天

他打起灯笼，白日行走街头
哪儿能找得出一个像人的人

2

所有盛世都遵循同一条铁律
对恶失忆，不追究恶的源头

从美学到存在，我倚窗格物
细细读风中飘忽的美人香草

她乘云而来，玉佩叮当作响
一种身姿让落日迟缓了步伐

缤纷的花雨拨动清弦，说美
是绝对的，生生要逼退时间

鸟儿忘回家了，停住琴声里
秋天羞惭，让黄叶重返树枝

3

愿作你衣袖，感受你的温度
或者一根丝带，绕着你纤腰

要么作你黑发的魂魄，抑或
眉间的萤火，随你顾盼飞扬

愿作卧榻的草席，守护你的
气息和春秋梦，愿作你的鞋

要么作你白日的影子，抑或
夜晚的烛光，照亮你的镜子

愿作你南山的梅花，愿作你
鸣琴的梧桐木，枕在你膝上

4

十愿连翩，我本拟重塑爱情
明日太不确定，到处不对劲

发烫的隐喻勾连深沉的念想
我做我自己，虽九死而无悔

年少游好六经，古史里那些

抽象的时刻，正好安宁相处

雪峰闪烁阳光下，宛如奔马
一排鹤过，成我究竟的老师

相思被辜负，先贤止于零度
桃花断了远游路，淹留故土

5

为闲情作赋，流水倒挂罡风
噫，一枚形式主义的小红薯

其实，人人都有一个待罪身
何如自己放逐，逃向元宇宙

世间语疏离，旷野草木疯长
我放得下骄傲，放不下自由

满堂文武研习燕子的读心术
方法论用到极致，终至悟空

道德和铁骑护着王朝的体面
人生实难，挺下去是大问题

2022

读《己亥杂诗》并致余世存

1

梅花染了流行病，高调入戏
两戒河山升起巨大幻觉

衮衮诸公怀古典忧患
燕子谈空，秋声不入山海关

近来白虹贯日，望气者缄默
流光中煞星怒马鲜衣

风半夜敲门，恩仇如何说
收拾清泪出低烧的长安

2

城头铁甲簇拥，城外万箭待发
下愚上诈紧贴极权的乌云

少年击剑吹箫挽颓波
六经注我，但开变易风气

上下都是残棋，东南失忆
淮水飞去来王朝的新装

狂辞既忤逆，翰墨翻老波澜
彰显虫鱼的微言大义

3

百卷文已毕，愁绪仍莽莽
垂垂帝国可配一张古药方

不良的政治与道德成宿疾
五十年内，丧钟必敲响

据乱世困局里祖训溃败
一个人怎敌得过一个时代

云外鸿雁长啸，声带烟霞
鹿车共青山，我摘花留香

4

打开一册旧书，修辞正派
往来其间明了和它的关系

一个隐喻后面还有一个隐喻
在脚注里找到自己的位置

千载心事需发明一种形式
天涯握手，同振指间的电流

现实太沉重，君子居易俟命
要留下温暖的说明和记录

5

世界的圆满靠自身印证
天，请垂怜那些临风缟衣人

万千种话犹如鹦鹉濡羽
生长此邦不忍玉石俱焚

灼灼文脉尽吸江山氤氲
朗朗星空下我们望史坐经

汉语有灵，词气冲天而起
伟大的尘世之诗可期写成 ①

2020

---

① 史蒂文斯诗云："伟大的尘世之诗尚待写就。"

读曾默躬 ①

1

阅读你等于阅读蜀山
和一种古旧的命运范式

时代的文体晦暗不明
大家都遵循传统和常识

所有的过去构成现在
你知玄知默，洗洗睡了

蠹鱼已三次啃吃神仙字 ②
星空可有我的位置

2

旧江山撩拨起隐隐新愁
潜藏的豹子高卧千秋

---

① 曾默躬，蜀地先贤，诗书画刻医五者通学，以农为主，卓然大家而淹没
不闻。

② 《酉阳杂俎》载：蠹鱼三次啃食神仙字样后，化为脉望，可向星辰求丹，
羽化升仙。

母传诗书，父授内经
农事有你的来途与归路

你知晓蜀山的每一条沟壑
不在意别的村庄河流

每一块石头都理路天成
自具道，禅，以及仁

3

游走在儒释道墨之间
仿佛南风吹过川西坝子

文字识心即开始知忧患
想象周遭事物的可能

草舍茅庵皆现成诗趣
祖传美学抚慰乱世创伤

你是真的爱这个世界啊
因此要成为更好的人

4

古人此心今人亦此心

生活与艺术谁更需创新

秋天总带来种种闲愁
山雾出尘，欲作狮子吼

一树梅花推开柴门
只为在千古间找个知己

他挥挥手，万壑松萧萧
我们原枕同一片风声

5

苍山飘过一朵火烧云
心仪的先贤云端上点头

曼陀罗枯萎，将死于岁月
倾力打开每一个毛孔

我就是一疋秦砖汉瓦
燕子都望见深沉的古意

存在如找得出确切定义
书也能读到天地轰鸣

莫非的诗

莫非，1960 年生于北京。诗人、摄影家、博物学者。二十世纪七十年代末开始写作。出版《词与物》《莫非短诗选》《莫非诗选》《我想你在》《逸生的胡同》等著作。作品入选多种海内外诗歌选本。自 1988 年以来，作品被译成英、法、德、意、西、荷、希、阿拉伯、捷克、罗马尼亚、克罗地亚等多种语言，在海外发表、出版。

七叶树

一棵七叶树那么高。只有一只苇莺叫着
透过细密的水草。看看所谓清静之地

被虫子吃掉的嫩叶，被鸟儿扯断的虫子
七叶树喝着风，吃下阳光和无数尘土

生出大地的阴影。好像湖泊吞噬的泥沙
不知深浅。一棵七叶树会有什么目的

除了直白干净的花穗。菩提有一万种
结果就一个。一场春梦同样是大千世界

吃昨夜的青草吃早上的干酪。孩子们
在洗澡盆里长大了。灌木吃岩石的缝隙

蚂蚁吃着面包屑。上帝手上的捕蝇瓶
吃所有跑进来的东西，仿佛一棵七叶树

榅桲

榅桲开花的样子，就是你没见过的样子
最远的海棠亦如是，雪白雪白的花瓣

让蔷薇家族名不虚传。结果叫木梨者多
云之南有两种，一种是木梨却非榅桲

一种是榅桲而且正宗。在别处如雷贯耳
金苹果摇摇欲坠在枝头。有的是灌木

有的是小乔木。种子漂洋如花香过海
与枇杷联姻早生多生，同样是一件美事

李时珍亲自尝过的榅桲，也是好药材
卡拉乔瓦的水果篮里，渗出水滴的榅桲

让一场古老的争夺战延续至今，犹如
人类的贪婪早种下了，与榅桲毫无干系

无花果树

无花果树很小的花，很快包在无花果里
没人看见当然就是无花果。而榕小蜂

进进出出带着花粉，终于有了好的未来
第一块遮羞布，是圣典长出来的树叶

就像桑树构树的叶子，经过同样的裁剪
一个古老的大家族，无穷尽的繁殖力

庇护了地球上的人类。不分东西南北
无花果树以最高的智慧，教导子子孙孙

隐忍和谦卑的结果，往往也是甜蜜的
招摇的花逢人就夸的花，只是徒有其美

甚至还不如无花果的树叶，那么持久
在无花果的集市上，有的碧绿有的紫红

蝙蝠藤

是雨水就要日夜流淌，是种子就要发芽
是蝙蝠就要飞，即使没有羽毛。蝙蝠藤

没有翅膀却有敞开的叶子，也像鸟一样
旁边的马兜铃突然响亮，薯草的山坡

石头如宿命一般不会摇晃。线索都断了
蝙蝠藤穿过灌木的缝隙，开细碎的花

结防己的果子。随处可见又如此隐蔽
宛若采药的人云里雾里。种子就要扎根

疾病就要痊愈。这个世上不经意的草
也与生灵息息相关。从来没有一粒灰尘

白白经过睡眠和呼吸。也从来没有谁
单独活在这个世上，除了天边外的众神

茜

就是山上长出来的红。土布和苎麻的红
衣裳和丝绸的红。四片叶子旋转的蔓

在泥胡菜和雀麦中穿行。没有谁看得见
叶子时针一般拨动，与世界格格不入

从前只有日落和日出。有晚霞忌讳远行
遇早霞可行千里。风的树叶溅到湖上

耕读人家的水牛和水稻，都折射出来
在一面镜子里，仿佛只见田园不见风光

织女和蟋蟀裸露在砖缝里，世世代代
渲染同一幅诗意的画卷。而凄苦的子孙

散落在丛林中，远隔千山万水认出来
止血的良药，自古以来像藤蔓一样续命

婆罗门参

明知山有婆罗门参，和人参没什么瓜葛
不同于辣椒和马铃薯，是一个大家族

婆罗门参开金灿灿的花儿，开黄菊的花
随太阳刚刚升起，开光芒四射的花儿

又迅速收敛在草丛中。几乎埋没了自己
婆罗门参是个隐者。仿佛修炼只为了
结出飞扬的种子。在南风中浩浩荡荡
不问来年几何。不管曾经发生什么奇迹

嫩芽甘美尝过你才知道。生命力顽强
从石头缝里不经意冒出来。很像蒲公英

却不像蒲公英那么脆弱。麦收的季节
婆罗门参伸张在田边，高过了婆罗门参

杠柳

杠柳一副要跟杨柳抬杠的模样，刚开花

花瓣就背过去。形似编织精美的王冠

挂满了枝头。其实叶子更像桃树的叶子
又名羊角桃真的是活灵活现。蓇葖果

如细小的弯刀成双成对，披挂在秋天里
唯有冬天的风，把种子带到江南江北

生根发芽。遇良医治病遇贤人则治沙
万物各有其用，而没用的也各有其妙处

杠柳从来是认真的。所有想当然的人
当然就在那里等。似藤非藤似树非树的

绝对是草木中的另类。仿佛一只狸猫
捉住了自己甩动的尾巴，没一丁点响声

灯芯草

灯芯草点燃的云朵，仿佛涟漪划过天空
半夏一动不动。只有风在竹林间穿行

明知山有明月而你不在山中。有灰喜鹊
如同安静的人在梦里说话，无有答应

黄鹌菜和野莴苣一样高，一样可以接济
贫苦的晚餐和母亲。长满苔藓的井口

几乎听见万物的呢喃。水声已经浮现
人声嘈杂的记忆抹掉了。唯有古树参天

膜拜的新人不肯离去。明知山没有的
在节气里生长。楸树的花掩藏在梓树里

用不着对比考证。好像闪电打开黑夜
依旧是白昼间的丛林，看不见人在对面

山楂树

山楂树去年红润的新枝，长满了雀斑的
就要开花的新枝，在北风中微微抖动

冬天的经过事无巨细。山楂树的新枝
挑起好奇心没有死去的人，刚觉醒的人

毫无征兆复活的人，相信的人和不信者
在一起就像不在一起。孤单的山楂树

不会太久，先是雪白的雪后来雪白的花
凛冽的山楂树，让不配写春天的诗人

也不配春天所放逐。桃李借宿在山
在风雨交加爱恨皆忘的日子，山楂树

在一棵山楂树上开花。一棵树到时候
不会错怪任何一棵树不开花，结果也是

鹅绒藤

鹅绒藤昌平那么远。山顶的云也从楼顶
飘过来好像就在窗外。不下雨的天气

脱壳的蝉没有飞走。甚至大声叫着不怕
不怕拖着尾音绕了半个夏天。一大早

熟睡的人翻了身。鹅绒藤蜂拥而至的花
不知道开在鹅绒藤上。看着结了豆荚

只是像但不是。这世上像的东西太多
是的东西该心中有数。对人云亦云最好

躲着走哪怕七里拐弯。胡同里的牵牛

被陶盆上的玉米拽到屋檐上。孤零零的

玉米居然那么高。鹅绒藤只顾着开花
忘了尖细的葶葵果，甚至忘了叫鹅绒藤

臧棣的诗

臧棣，1964 年出生于北京，现任教于北京大学中文系，北京大学中国诗歌研究院研究员。代表性诗集有《燕园纪事》（1998），《宇宙是扁的》（2008）（2011），《骑手和豆浆》（2015），《最简单的人类动作入门》（2017），《情感教育入门》（2019），《沸腾协会》（2019），《尖锐的信任丛书》（2019），《诗歌植物学》（2021），《非常动物》（2021），《精灵学简史》（2022）等。曾获《南方文坛杂志》"2005 年度批评家奖"，"中国当代十大杰出青年诗人"（2005），"1979—2005 中国十大先锋诗人"（2006），"中国十大新锐诗歌批评家"（2007），《星星》2015 年度诗歌奖，扬子江诗学奖（2017），人民文学诗歌奖（2018）。

纪念雪莱简史

——写于雪莱诞辰 230 周年日

黑幕降临时，最后的天光
像一根刚被拉开的皮筋；
"生命的胜利 ①"，远如我从未去过
斯贝齐亚湾 ②，但见过从那里飞来的海鸥。

万有引力之虹不必太常见，
只要在附近，有高大的银杏
作比照，就算很圆满——
至少紫薇看上去比白皮松更认真。

而你，尽管走过很多弯路，
此刻，却再也不可能误解
月光下的海滩，主要是
用来给时间女神降温的。

生命以北，火星的记忆
即将从你身边被吸干；

---

① "生命的胜利"，取自雪莱的长诗《生命的胜利》（又译《生命的凯旋》）。
② 斯贝齐亚湾，位于意大利西北部的利古里亚，1822 年 7 月 8 日雪莱因遇
风暴，溺亡于此。

如果有空白，那也是雨的空白，
比尘世的眼泪更干净。

圣徒才不轻易就化身呢。
圣徒是用来聚焦的。
如此，平凡的事物才不在乎
我们究竟有没有混淆过。

从死亡的角度看，平凡是最大的幻觉。
如果时间不曾被海浪折断，
永恒的美，会随着那预言的回音
越来越多而严谨于身体的智慧。

深刻于爱，太难了；
甚至难于真理缺少一个形象[①]。
但也正因为有这样的感叹，
你赞同：新生就是把一个旧我

坚决地"扫出宇宙[②]"。不仅如此，
有没有真正活过，意味着
"伟大的精灵"请客时，你是不是

---

① "真理缺少一个形象"，源自雪莱长诗《解放了的普罗米修斯》的诗句：
"真理之深者无形。"
② "扫出宇宙""伟大的精灵"，语出雪莱的名诗《西风颂》。

正坐在麦布女王^①的右边。

紫陌学

大别山深处，一只老鹰
盘旋的时间
似乎比平时要长一点；
意识里有葱郁的陷阱，
但旋涡很干燥。

广大的寂静也可以
出于自然很苍茫，
转瞬间，极目已完胜忘我；
新的自然出于历史
竟然可以如此寂静。

从鹰眼中借回望
才知道：滚滚红尘最容易
被滥用。窒息和冤魂
从来就不成比例。

---

① "麦布女王"，源自雪莱的第一首长诗《麦布女王》(1813年)。

飞扬的砂砾，更像是

时间的道具已被偷偷替换。
涂抹的结果，大路朝天
最接近彩虹的剩余价值；
考虑到变形，爬树
爬到一半，其实也很紫陌。

2001.6，2006.1

受害者蓝色的心脏入门

很明显，伤口被切割过；
甚至显得有点整齐，
整齐得就好像死亡尽管丑陋，
但仍被极乐悄悄分过等级。
很锋利，速度应该很快，但不是
尖刀或斧头。有点像睡梦中
突然降临的巨型螺旋桨；
而且事情发生时，很静音，
完全看不出有过躲避的痕迹。
如果你，平时也买过活鸡，
应该可以看出：血的颜色
很像海鲈鱼的，完全不是

千年鳖的血随便就能媲美的；
最奇怪的，这么红的血
怎么会从蓝色的心脏流出？
跳动的心脏，蓝色的，能想象吗？
这么矛盾，不觉得有点欺负
老实人从来没猎杀过犀牛吗——
而且很像预先就已判断过：
仅凭常识，我们无法鉴别
受害者，是可疑的魔鬼，
还是尚未发作的画皮。

2014.4，2017.2

重写苏东坡简史

新鲜的目光。季节的因素
甚至大于人性的因素。
荒野的几何学很考验记忆。
俯仰之间，钻石之光
已将蓝天的谎言凿透。

从身体里找到那个开关；
逆时针旋转，每降低一厘米，
世界的真相就会将你的寂静

扩展成一片海洋，就好像在你体内，
无形的波浪早就上满了弦。

回到更清晰的线索，缀满细花的紫薇
像是刚刚演奏过大提琴；
稍一弦外，野外便充满了曲线。
完美的战栗，可一直追溯到
立秋的旋复随意倾斜在八月的直觉中。

不仅如此，山风在河边，
也可以吹到；前提是有必要探讨一下：
如何使用孤独，才能诱你
走出自我的阴影，或自我的牢笼。
至于迷宫是否自我，可沿地平线，
再往右下方，推迟两百年。
从叫声就能判断，夏日的盛大
好比轮回已被反复稀释；
凡映入眼帘的，幸运就已构成比例；
雀鸟比我们真实。

从避雷针是否分布合理
就应该能把握，从泡桐到梧桐，
每一棵树也都比我们真实。
甚至白云的飘散，也比我们真实。
小蜜蜂提示，附近就有洞口。

从尺寸看，大小近乎
无辜的兔子狠狠猜忌过
本能的黄鼠狼。但从土质
是否松软，更合理的推断似乎是
盗墓贼死于时间不守信。

2015.8，2022.8

七月桥简史

脱鞋，露出赤脚，每天经过两次。
早上，单向且顺风，偶有车铃惊悚；
在你身后，唯一不需要担心的，
出汗的曙光已将世界的靶心穿透。

晚上的那次，至少包括
两个匆忙的来回。交错的视野里，
鸳鸯才没工夫戏水呢；
那是错误的暗示，如同哀怨已不防腐。

没有消息就是最好的消息——
这弧度很完美，不亚于雷雨后
彩虹将你分身在两个世界：内心很陡峭，

但因为有对称，星空很平坦。

2015.7，2022.8

水务局简史

多半会临河，或临湖，
但不保证河里的波光
是否会被苍鹭的羽毛梳理过；
如果恰好是七月，朝南的
一侧，多半会荷花盛大，
错落的绿荫会请你注意
脚下的结构；摇曳的芦苇

则像是从你的影子里
找回了一个久违的舞伴。
吹口哨的人刚踢过石头的屁股，
但看不出打没打过
第三针疫苗。对公时间，
飞过的喜鹊却频繁得好像
终于遇到了一个不一样的傻瓜。

曲径不一定很长，但不可或缺。
院子里多半还会有几条

面目非常标准的土狗，因杂毛

而情绪化；什么纯种

不纯种的，太遥远了；

但叫起来，绝不亚于时间的回声

在法律的口吻里拐过几道弯。

2022.7.20

紫色的忠告简史

战争期间，橡木桶里

只适合装两种东西：酒，或赃物。

酒的一半，是美人和浮云，

终于从各自的原型中

挣脱。时间很有限，

能看清楚吗？全部的旋涡

出自葡萄的腰肢；

或者，谈不上丰富不丰富，

那些表情竟然也可以

出自浮云很卷心。至于赃物

像不像江山，已可以排除。

敲击之后，里面空得像兔子洞里盘踞过

无数道比假象更温柔的

蛇影。剥皮之后，才发现

杯子的颜色没选好；
没控制好的话，很容易就导致
情绪像银河的肋骨；
但现在，树梢比午睡还浅，
阳光还太毒；作为非主流项目，
追云，或骑鹅旅行，
最好等到落日红得像中奖彩票。

2022.8

黑鹳日记

有过很多年，我看不到自己身上的颜色，
也看不清自己真正的影子；
我似乎已忘记
我是在哪里被比作黑色精灵的，
又是在什么样的好意中
被称为世界上最美的鹳鸟的。

时间已经受惊。我祈求例外，
但收效甚微；好像众多的飞鸟中，
只有我的身体最敏感于
栖息地的原始记忆；
只有我用我敏感的身体

承受并反映时间是如何受惊的；

迁徙过程中，波浪多已被污染，
无法映衬我身上长满羽毛的黑金。
只有偶尔和白琵鹭同行时，
目睹它们在稀疏的芦苇中求爱成功，
我才依稀觉得我身上的黑羽毛
仿佛也曾被贺兰山雄伟的山脊弹射过。

飞翔或许是美丽的；
但也有过很多年，对于我，
飞翔是无尽的孤独，是对曾经的栖息地的，
不知疲倦的追寻；什么时候，
我的飞翔不再用于解释我的濒危，
我和你的距离会被这黄河湿地无限地缩短。

或许，我和你的距离
现在就已短到不能再短；
那些刚刚被吞下的小鱼虾像鳞光闪烁的钥匙，
打开了我封闭已久的生命的记忆。
我开始记得黄河的水汽
比源头更加展翅。我比以前更像你的名片。

2022.7.5

雕像之歌
——纪念肖黛

握手之际，遥远的白云
自你的袖口流出；飞瀑隔着你的心跳，
像浪花的余音不时放大
寂静的群山。我们只见过几面，
每一次，你都安静于你的大方。
别人说起的有关你的故事，
到我这儿，就是峭壁很光滑。
多么幸运，在认识你之前，
我已读过你的诗。闲谈之后，
小小的震惊如同有一个紫色引擎
微微颤抖在我的角度之中：
人和诗竟然可以如此同源，
如此相互映衬于心灵的秘密
依然有迹可循。岁月的改变
反映在你的语调中，背景音里
漂浮着恬淡的烟味，你一点也不像
传说中正朝蓝鲸游去的羚羊。
你的坦白听上去犹如
漫长的沙滩上的一片绿荫——
你说，你正在服偏方里的秘方。

从效果上看，那似乎意味着
诗的秘方里已有一个语言的偏方
被你活用到了警报已经解除。
前半生，属于盲目的激情
任由诗来爆破；没什么好隐瞒的，
一代人有自己的宿命；后半生，
耐心里有一个绝对的细心，
专注于将那些还来得及
收回的碎片，吸收在
生命的透彻中。多么友谊，
你的诗已胜过我是一个他者。

2022.7.27

幽兰日记，纪念屈原

从可怕的吞噬中传出的呼号，
不仅能令云影变形，
甚至也让天色变得呆滞；
但灵魂的氛围有更深的起源，
不会放任自己沉溺于
表面的解释。美丽的香草
暴露过生命的底细，
而真正的识别却因为触及
纯洁的考验而陷入困境。

降神日也进行得并不顺利，
充饥的菊花多少有点可疑。
透过死亡，我倾听到一个判决——
终于承认，波浪是无罪的；
从汹涌到和缓，波浪并未卷入
太深的动机，只是竭尽所能，
除却风的皱纹，将镜子递给
伟大的时间。而获益者的面目
很可能从未清晰过。我，
也是我的错觉；如同你，
纯粹的陌生人，也曾深陷于
历史的幻觉。这里，水很深，
但依然没能深过我的影子。
可贵的传递中，将幽兰
从迷人的香草中独立出来，
很解气，但未必就不草率；
现在想来，将幽兰等同于
灵魂的高洁，或许只是
特殊情况下，对幽兰的一次使用。
成功的，不是这比喻本身，
而是你们，你们对它的依赖。
如果还有机会，我期待的是，
完全不同的，无人能猜中的，
对幽兰的另一次使用。

2022.6.24